U0921759

那些過去的歲月

馬識途題

白瑪曲真 著

四川民族出版社

图书在版编目（CIP）数据

那些过去的岁月 / 白玛曲真著. --成都：四川民族出版社，2021. 12

ISBN 978-7-5733-0379-0

Ⅰ. ①那… Ⅱ. ①白… Ⅲ. ①诗集-中国-当代 Ⅳ. ①I227

中国版本图书馆 CIP 数据核字（2022）第 020227 号

那些过去的岁月

NAXIE GUOQUDE SUIYUE

白玛曲真　著

出 版 人	泽仁扎西
责任编辑	伍丹莉
责任印制	谢孟豪
出　　版	四川民族出版社（四川省成都市青羊区敬业路 108 号）
邮政编码	610091
设计制作	成都圣立文化传播有限公司
印　　刷	四川立杨彩色印务有限公司
成品尺寸	145mm × 210mm
印　　张	7
字　　数	150 千
版　　次	2022 年 1 月第 1 版
印　　次	2022 年 1 月第 1 次印刷
书　　号	ISBN 978-7-5733-0379-0
定　　价	58.00 元

目录

CONTENTS

第一辑 岁 月 ལོ་ཟླ།

第二辑 走 过 བགྲོད་བྱུང་།

第三辑 咏 物 བསྔགས་བརྗོད།

第四辑　思　绪　བསམ་ཚུལ།

第一辑

岁月

ལོ་ཟླ།

岁月里

转眼，又是一年秋天
眼角流出的光芒，变得柔和起来
青丝染白，头发少了许多
身边伙伴们，开始抱怨时光如梭
来不及年轻，就已经老去

四季，来去匆匆
一些人走了，一些人杳无消息
一些梦想成真，一些等待落空
花谢了，来年再开
我们逝去的青春，成为一道渐远的记忆

反复咀嚼的日子，早已平淡如水
回首，往事不堪
远眺，一片烟雨苍茫
只能挪动沉重脚步，忍痛割爱
取两根肋骨做成拐杖，继续走完
与你无关的余生

迷　路

在别人的地方，迷失了方向
陌生的人，陌生的城市
就连空气中，都弥漫着陌生的味道
我来自哪里，将去向哪里
我是谁等待的归途

在自己的地方，也会乱了方向
那一年，母亲走了
一场倾盆大雨，打湿了懵懂的青春
我陪母亲彻夜长谈
她不再给我指明方向

如今，人到中年
有些事糊涂了，眼睛不再有泪流出
额头上，少了许多光芒
当父母归于尘土后，我们在尼日河畔
继续活着

曲终人散

过后，一切都在沉寂
热烈的事情，在蝉鸣中逐渐变冷
透过消瘦的指缝间，余生指日可待
无须为此彻夜难眠
像风一样，包容着黑夜的漫长

如有来世，宁愿轮回为卑微的草木
不用为谁，颔首低眉
也不用廉耻与道德，来约束
没有世态炎凉，没有浮华烟云
在天地间，活一场精彩

曲终人散后，那些莞尔一笑的故事
都尘封起来
每个人的宿命，不必要时间来安排
人生一世，若比草木
唯有大自然，才是生命的永恒

今夜月缺

一轮残月，挂在树梢上
微风吹过枝头
月亮，摇曳着柔柔的光芒

一座小城，容纳着一城池的悲欢
许多人，不曾远离
故乡的风景，是一生一世的挂念

九月的夜晚，母亲远去天堂
从此，在这个悲情城市
寂寞清秋，月缺花残都有了理由

也会想起过往
那些年留下的苦难与伤痛，在今夜
似乎都无足轻重

秋　天

许多秋天不回来了，你说
我们风华正茂的青春，正逐渐消失殆尽
一个接一个的秋天，迎面而来
我们措手不及，甚至
有些惊慌失措，我们的肌肤
和树叶一样粗糙干裂，一头青丝
也变成了，深秋河滩上
那些在寒风中零落的，苍苍芦苇
还记得，我们最初的相逢
那时的秋天，满目清秋怡然
我们多么年轻呵，把世界想象得如诗如画
血液里，流淌着奔腾不息的流水
不知疲倦地行走天涯，我们彻夜喝酒
把秋天的一轮满月，拴在一棵小草上
夜的目光，令人眩晕

秋天，风儿改变了方向
所有的事物，已经定格了宿命
我可以一整天，在窗前发呆
把最后的流年放在指缝间，任它一点点地流走

我和你的日子，相隔着无数个秋天
你和远方所有的故事，如一袭清风拂过窗口
留不住，带不走的往事
放在寒冷的夜晚，在各自安好的地方
彼此珍重

告诉我，余生的路有多长

前面的路，不长了
父亲说过，余生一定要好好活着
每一天，都要如阳光一样崭新明亮
与风雨兼程，向忧郁告别
不要企图熬夜，来守望虚无的黑夜

千帆过尽，来不及遇见你
转过千万座高山佛塔，来不及遇见你
在高原，在洼地草场
在峡谷，在长长的流水岸上
我们在彼此的日子里，深情活着

余生多长，余生多长
放下矜持且高贵的尊严，颔首低眉
学蚂蚁一样低头，和每一个风景对话
向头顶的天空，敞开心扉

走的人，走了
留不住的青春，留不住的爱情
全部埋葬于泥土，愈来愈短的时光
在指缝中，悄悄溜走
在这个繁杂的世界里，将往事逐一清零

八年后

白露为霜，蒹葭苍苍的时节
太阳温柔起来，风冰凉了许多
你一去千里之外，不再归来

八年了，时光拉开了天地的距离
没有人记得你，母亲
在这个世界里，你如一粒尘埃
消失不见

每一天都不同，每一天都在重复生活
轮回的人，忘记了故乡
而你，是否继续寻找前世之旅
在尼日河畔，背水望月

八年后，有人早生华发
八年后，有人悄然离去
八年后，有人消瘦成黄花
八年后，有人还在为你流泪

一天天，世界冰冷起来
一年年，眼睛里少了许多光芒
母亲，你永远在我心里
是一盏明亮的夜灯，指引着黎明的方向

走在前面的父亲

您走过的痕迹，已经被风雨掩盖了
那条路，铺成了柏油马路
您年轻时翻越的大山，矮了许多
那些树木，化作了泥土
父亲，时光不断把您拉远
走在前面的您，却从没离开过我们

喊您父亲，因为我将年过半百
爸爸的称呼，留给了儿子
感恩您的养育，您给予我们温暖的家
您是一片云，停留在故乡湛蓝的天空
您是一棵树，归根在眉州深情的大地
您是伟大的父亲，是慈祥的老人

父亲，您从一座大山走到另外一座大山
您从盐源南大门，走到甘洛北大门
您背井离乡，跋山涉水
饥寒交迫的岁月，从枪林弹雨中走过来
没有人知道您的苦，您艰辛的日子
您需要忍住一切，因为您是藏人

父亲，在苦难深重的岁月里
您终于活过来了，您拥有幸福的家庭
儿女成群，子孙满堂
您不需要熬更守夜，为我们忙碌
您从来没有卑屈低眉地活过，您告诉我们
人生在世，要活得坦坦荡荡

时光一天天在流逝，我们接受现实的安排
等待白发，等待暮色苍茫
等待背后的脚步，被明天的流水冲洗
不再关心名利，不再追求浮华
每一天，面对生老与病死
每一天，在阳光下梳理生活的烦琐

搁　开

暮春后，搁开一些繁杂之事
走进大自然
不必为清辉满目的山河感慨
为落叶惆怅
放下世俗欲望
如云朵一样，在青山绿水间修行

时光，总会让人心生悲凉或欢喜
杂乱无章的生活，搅乱心情
就连河滩上的芦苇
在秋风中，迷茫而苍老

搁开一些人，违背当初的约定
在背道而驰的时光中，青春不在了
昨天的记忆，成为一道往事
凌乱的日子，似乎愧对这个深情的秋天

致生命

一起携手，走过了一场悲欢人生
生命将息，繁华落幕后
我们回归最初的起点，重新整装待发

修行半生后，不再为凡俗苦恼
你爱着母亲的山水
我最后的信仰，在高原之上

一起度过的岁月，已经沦落风尘
余生还长，我们握手道别
感谢你，曾包容我任性的青春年华

假如，生命可以重来

假如，生命可以重来
我会不会以这样的方式，遇见你
少女的心，明眸皓齿的微笑
不，或许我会更加美丽
在街道，在河边
在你家门口，回眸一笑

都过去了，我们的昨天
今天，阳光已过
把过往岁月的事情，藏匿于黄土之下
慢慢走着，慢慢等待
当秋风，吹落云朵
我们的情感，像落叶一样沉静

没有假如了，时光不待见你我
看见的山，不高了
远方的路，不远了
面对世间的苍茫，无须有太多杂念
抬头看日月，低头修身
不再用犀利的目光，去穿透一切谎言

定格的人生，早已风轻云淡
没有崇高与伟大，没有功名与成就
更没有充沛的精力，去挪动窗外的风景
一介凡夫俗子，一个卑微的人
假惺惺的人，让他们继续伪装生活
在每一个日子里，认真活过

活到此

活到此，人生也过多年
不敢说活过一生一世，连这半生的日子
也如此简单

没有人记得，你的过去
没有人在意，即将消失的青春
把每一天的日子，摁在泥土的气息里
如蝼蚁一样，卑微地活着

眼睛，看过太多沧桑
已经少了些许光芒，褐色的肌肤
布满痕迹，他们说
这模样，一定是经历了无数的风雨

爱恨分明的人，已化作春泥
活着的人，继续活着
把每一天，想象成一幅天然水墨画
即使，生命给予太多的悲伤

活到此，看惯了许多虚伪的笑容
也似乎习惯了，寂寞的长夜的陪伴
活到此，突然明白了一个事情
与世俗的人在一起，也会荒芜了自己

这一天

这一天，我从故乡走到他的故乡
烟雨蒙蒙，繁花似锦
这一天，我回头
看见了满山遍野的桃花，为我道别

这一天，过去好多年了
许多人在生命的时光里，杳无消息
许多人红颜已老，甚至
去了一个叫永远的地方，与青山长眠

誓言，已经脱落了牙齿
曾经的风花雪月，已坠入尼日河底
不敢停留，不敢言苦
我还要越千山坡，还要行万里路

这一天，成为一种记忆
美丽的神话，蜕变成风信子的暮春
风过，雨来
一切都在低头，包括我们远去的日子

我的爱

我出生的小山村，一条溪流
在门口，缓缓而过
土墙院子里，长满四季轮开的花朵
紫红的玫瑰花瓣，腌上白糖
被父亲，做成了汤圆馅

后院的瓜果蔬菜，随手摘来
在母亲的锅碗瓢盆中，时光是一首歌
村里的小伙伴，白发苍苍的爷爷
远离故乡后，母亲说
在这里，他们就是我们最亲的人

我的诗书，我的家人
从前，这些都是生命中最大的爱
年过半百后，回首往事
多想退回三十年的光景，多爱一下父母

残存的余生，不一定要太多的阳光
让雨露滋润肌肤
我还得继续关注，这个或喜或悲的世界
在暮春，储蓄微弱的能量
继续爱着一座城池，和与世无争的人

落日下的时光

一轮又一轮的落日，反反复复起落
在山头，在海边
在你的北方，我的南国
一生只为赴一次约，与黄昏一道
重复着，单一的旅行

落日下的时光，改变不了山水
一些人，为此苍茫一生
一些人，沦落风尘不再相见
落日走了，还会回来
时光走了，便成为尘封的记忆

几十年的日子，不经意间
被洗成了云朵的模样，所有的梦想成烟
双手，捧不住落日的光芒
突然间，发现一秘密
你和他的人生结局，竟然是如此的相似

低　头

纤指拈花，在离你三万尺的距离下
如佛一样低头，不必刻意寻找
一些人，只是生命过客

揭开生命面纱，回归最初信仰
让人间烟火，远离谎言
让七月阳光，穿透焦虑的人心

浮华背后，一切皆是云烟
许多安静的日子，我们不曾触膝相谈过
岁月，篡改了彼此的心态

目光短浅，如何洞开尘封心扉
断裂的流水，走不到天涯
蜷缩在狭隘的地方，无法逾越天空的高度

风，改变了方向
会不会有人，因此而乱了余生的脚步
雨，湿了眼睛
会不会有人，泪流满面

你的消息

不管每一天的阳光，如何灿烂
空气透彻心扉
甚至有意外惊喜的收获
有丰衣足食的日子，有灰暗的情绪

时光，从不等人
你在你的故乡，慢条斯理地活着
把生命的价值与梦想，暂且搁浅
捋一捋，将息的晚风
让白发苍苍的父亲，减慢步伐

白云绕过的村落，一些事物匿于黄土
黄河水，沿着脚步远去
一年年后，我们的时间瘦成麦秆的模样
当麦子，干枯成面包
活到此，你我已不需要太多的养分了
心平气和地活下去

看每一个日出日落，看人来人往的街道
无须把名利斗争，变作锋利的宝剑
年过半百的人，需要平静的生活
像佛一样，拈花微笑

那个在田间劳作的母亲走了

在大山里出生，在泥土上劳作了一辈子
你的肩，支撑着一个家的重担
挑过水，扛过大山
你的双手，拉扯着儿女们的生活
无论命运，给予再大的苦难
你从不言苦，从不悲伤

七十七个春秋，七十七个里程碑
没有人，记得你的往事
你的名字，卑微如沙
镶嵌在海棠山水之间，风里雨里穿越
用内心的坚强，活出自己的天空

当病魔一天天，吞噬你的生命
坚持了好久，今夜你终于放手远去
你把眼泪，咽进喉咙
那些柴米油盐，那些人间烟火
被丢在尘世，温暖你一生的火塘
从此，灰飞烟灭

你是平凡的母亲，你是坚强的母亲
你是伟大的母亲，你是慈祥的母亲
无论生活，如何亏待你
你从不低头，你守望着故乡
为儿女打开一扇家门，你走过的路上
风雨沧桑，开满花朵

从此，没有人替你换洗衣裳
从此，有人便没有了母亲
繁华也罢，悲伤也罢
都会随着时间，逐渐流逝而去
活着的人，继续活着

那个在田野劳作的母亲走了，留不住的人
在泪光中转身就走，黑夜太黑
我看不见她的面容，她不再说话
天明以后，五月的云彩覆盖了她的身体
再也看不见她慈祥的笑容了，我很难过

无路可退

无数次，沦陷在自己的耐烦里
夜不成寐
无数次，纠结在别人的过错中
苦不堪言
狭隘的思想，禁锢了晴朗的天空
我却大度地，原谅了生活

一生，就此而过了
年轻时的故事，被日子一一淡忘
活着，陪季节轮回
没有未来可言，没有久远的路可走
如今想起你
所有的结局，让人唏嘘不已

在我们之间，隔着许多的山水
走不出，回不来
被时光荒芜的，不只是似水流年
还有早生华发的模样
今生不必相见了，我们无路可退

希望的田野

金色的田野，秋色横空
泛黄的土地，散发着九月的芬芳
融合着水稻体香
蓝色的天空，无风无云
一株株水稻相拥着，丰满了田野

母亲，甩开手臂
用弯月镰刀，一刀刀割开大地面纱
沉甸甸的日子，如饱满的谷子
轻轻地，划过指尖
一滴滴汗水，坠入泥土

嗷嗷待哺的孩子，躺在谷草上安睡
蚂蚱，飞蛾，麻雀
无论如何跳跃，也无法唤醒稚嫩的梦
只有白发爷爷，守护着孙子
粗糙的手，搂住了希望

夜半的悲伤

夜半醒来，想起了他
昨天，听说他死了
匆忙地离开了这个冷暖的世道

我在黑夜里，想起许多过往
他爱唱歌，也爱读诗
他爱喝酒，喜欢独自晨跑在辽阔的大海边

黑夜里，我听到了哭泣的声音
那声音多么熟悉，就像母亲
在挽留，远行不归的孩子

我有些悲伤，想起故去的亲人
他们在我的生命里，已经消失不见
白天和晚上，都是一样的孤单

我起身开灯，在凌晨时分
打开手机，找出他的名字
用一秒钟的时间，将他的今生删除

姐　姐

生在八月的姐姐，她的眼睛
是夜晚的月色，温情而柔美
她的笑容，像春风一样
铺满童年的梦乡

姐姐，是天使
有一颗善良的心，关爱着每个人
她尽心照顾关心着家人，即使是远行的兄弟姐妹

姐姐，是美女
她也曾是窈窕淑女，也曾回眸倾天下
她是女儿，是母亲
她是贤淑的妻子

如果抬头，她有大山的高度
如果低头，她是明媚的月光
是佛的化身，是慈悲为怀的绿度母

忽　略

黑夜里，许多故事就此沉默
梦，在枕边长睡
醒过来的人，忘记了昨天的遇见
就如这个雾凇满枝的季节，冰封太久后
我在花开的南国，又一次
忽略了北国的天空，和雪花的问候

没有谁，可以拯救生命里的忧伤
匆忙的人生，洗礼了恣意的青春
一些人匆匆来去，在路上
擦肩的影子一次次交替后，化作尘土
从此，杳无音信

我们就此别过吧，在寂寞的河滩头
让白发的芦苇，为我们道别
此后，不要指望了
还有谁，为你夜不能寐，为你歌唱
为你，守望一方水土

时光，忽略了爱情誓言
那些风花雪月的青春，早已随风而去
让我们为余生，忽略那些名字

多年后

时光太瘦，穿过每一个日子后
消逝不见
岁月如梭，把青春的足迹
留给苍茫大地

多年后
彼此，都活在自己的宿命里
不再君临天下
不再玉树临风

山河浩荡如何，人心叵测如何
时间，一样可以改变
生命的颜色
想起你
仿佛一切，都是昨天的故事

伸出手，拨开往事
把年轮一一对应后，又一次抹去痕迹
多年后，暮色苍茫
我们远离灯红酒绿，在绿水青山下修行
而你依旧是我内心，温柔的闪电

黑色的眼睛

月光，在另外的地方坠落
黑色的眼睛，将一个人的岁月淹没
在春天活过来的人，面若桃花
所有的苦，暂时消散
偌大的世界，我们无法顾及太多事情

太长了，一生的路
延伸的地方，我们叫作远方
遇见的人，在他的信仰里
读懂了北国的方言，和迷失的青春
在一束光影中，重新回来

交替的白天与黑夜，将所有的日子反复清洗
每个人，继承了大地的血液
从绛色的高原，到黄河流过的地方
在母亲的血液里，汲取养分
吸干她最后一滴乳汁后，才能放下今生的牵挂

南方的天空下，依旧枝叶茂盛
我们背向黄昏，面临寂寞

等待一些悲剧发生或错过
让转动的年轮，停留于生命的某一瞬间

黑夜里，我们不曾大声说话
一些与我有关的人，也都沉默不语
此刻，没有人欢笑与哭泣
那个满身火焰的小伙子，在母亲身边
佝偻腰身，如一只温顺的猫咪

再见面

八年后，在陌生的城市
我们不期而遇，异乡的阳光过度热烈
以至于，清晰地看见
你花白的头发，那么刺目而耀眼
我说时间真快

要喝酒的，你说
一年一杯，也应该喝八杯才能释怀
所有的语言，都在酒中
不必言成功失败，悲欢离合
唯有酒杯，才能化解太多情感

吟诗，唱歌，忆往事
这个年纪，无须道别
抬头举杯，喝完最后一公里的距离
就走吧，不必留恋
冷暖自知的人生，各自安好

透过路灯，雨打湿黑夜
我们没有说话，撑着雨伞
在街头，握手道别
背道而驰的人生，不只是你和我
明天以后，我们又将淹没在拥挤的世道

寒冬，温暖的味道

我们的肌肤，还有青春的温度
可以抵御所有的严寒，甚至漫长的夜晚
丰满的身姿，光洁的额头
甚至，微笑时的明眸皓齿
在这个寒冬，散发出温暖的味道

纤巧的手指，还能打开阳光穿透的日子
风雨沧桑，已经沦落风尘
亲爱的，我们不需要挑灯夜书
在这个冰雪封闭的季节，爱
是唯一的光明，温暖着彼此的血液

细数远方的路，我们还有足够的时间
与日月星辰相伴，你不老
时光不老，我们笔下的诗歌不老
不必舍去你的半生土地，预留一部分
我们种上花朵，赠送给孤独的人

一盏明灯，一地星光
一个迟暮之年的冬天，如此安静
除了诗，除了远方
我所有的家底，便是身后的天空
干净空茫，风轻云淡

老房子

被搁置在故乡的老房子
被时光遗忘的老房子
被风雨吹老的老房子
被青山绿水掩映的老房子
被星星守望的老房子

青瓦片，青石阶
雕花的窗户，燕子筑巢的屋檐
四合院里，一口老水井
一株玫瑰，一棵石榴树
见证那些年，快乐的时光

老房子，停留在最寂寞的山间
当父母，归于尘土
没有人愿意回来，空空荡荡的老屋
在风雨中飘摇，一年年
它已经开始垮塌，露出祖先的骨架

后来，高楼代替了老房子
当挖掘机，打开它的心脏
我看见往事，陈列在内心深处
那些坚硬的柱子，支撑着一个家族的希望
在最后的一刻，依旧昂首挺立

泥土房

我的泥土房，站立在青杠村一组
父亲，一手建的家园
一面是山，一面是河流
一院子的花，一院子的果树
在银盘山下，关不住春夏秋冬的匆忙

低低的院落，蜷缩在山沟里
就如妈妈的子宫，孕育着一个个生命之源
一天天，河流浅了，大山矮了
我们的脚步，延伸到更远的地方

一条路，从家门口出发
可以走出大山深处，走进东南西北的纷繁
只是，世间如此杂乱
一路的风雨，一路的阳光
追赶着背影，身后是一串串丢失的记忆

多年后，我重新回来
无论如何长时间地离开，坚硬的泥土墙依然
如此淡定地，坚持在老地方
那棵梧桐树，茂密的枝叶
向着天空，对我敞开了心扉

你的天空

透过四月的阳光，在举目远望的原野上
一大片青翠的麦苗，排列有序
你的天空，纯净如水
风，撩过河堤口芊芊柳枝
荡起一叶舟，长久而沉默地搁浅

事到如今，我们也没有太多杂念
活着的人，在春天继续活着
一些突如其来的事物，我们无法改变
流泪，悲伤
欢喜，离别
我们不断重复着，内心深处的情感

黄色的泥土，掩盖不了忧伤
无须低头不语，我们还有最初的梦想
你的肩，我的头颅
能撑起一片天空，昂首天地
我的拳头，你的血液
能击破阴谋诡计，化作长江流水

一天天，日子反反复复洗礼心灵的悲欢
时而糊涂，时而清醒地活着
为了白发的母亲，为了懵懂的孩子
为了生命的力量，为了美好的生活
还有等待，还有希望

许多人，活得如此寂寞
在酒杯里放纵生命，在夜色下撩人心扉
在诗歌里，消磨青春
在世界遗忘的地方，虚度年华
我知道，你的天空
在蓝天白云下，正开着欢悦的花朵

此生不待

想起你，不止这个日子
对你，素颜面对
在别人看不见的地方，把你守望

风，吹过来
有陈年老酒的味道，也有庭院里
五月的花香

当这个世界，忘记了你
岁月带走你的年轮
至少还有人，记住你曾经的风华正茂

此生不待了，我将无我的日子
早已沦落风尘
余生，不再为谁而难过

雨夜里的天堂

大雨覆盖着山区小城，几盏灯
在黑夜里，发出微弱的光
撑着一把格子伞，我们走在雨夜里
不说话，听脚步声
和脚下的雨水，碰触内心深处的沉默

一路走过，遇见生命里的一些人
擦肩而过后，一去不复返
一些与我有关的人，在安静的地方躺着
任喧嚣的声音，穿过夜色
他们放下了天地，放下了余生

生命无常，活着的人继续活着
不要责怪天空的高度，不要抱怨生活冷暖

雨夜里，天堂打开了大门
洒落的雨水，淋湿了悲伤的姐姐
突然间，我好难过
为逝去的年轻生命，为他活着的老母亲

怀旧的人

一个人，如果开始追忆往事
寻找丢失很久的记忆，那我一定相信
他已经，进入暮年

涉过江河湖海，越过万水千山
终有停息的时候，即使
有一双坚硬的翅膀，也需要栖息的枝头

一个人，赞美自己
把苦涩的灵魂，比作春风
他梦里，一定有不为人知的秘密

怀旧的人，一层层剥开丢失的日子
露出锋利肋骨，会不会
在夜深人静时，刺痛失色的眼眸

路，走到尽头
退后一步，给自己一个转身的理由
另一头，有人在等你

忏　悔

窗外的老树，请借你坚硬的枝头
刺穿冰冷的夜色
让皎洁的月光，落入梦里

云朵下的吉日波，能否让出你一块土地
种上温暖的花朵
让远去的爱情，重新回到青春

你伟岸的姿态，不只是你定格的人生
在你的脚下，一度彷徨而迷茫
你在我的梦里，忽远忽近

一天天后，我们步入深秋
那一道伤口，刻画在最深的记忆里
我也会忏悔，丢失的昨天

我们并不遥远

枯萎的生命，已经落叶归根
裸露的泥土上，长满绿色的草叶
生命，在春天蓬勃向上
多好的季节啊，我们的肌肤布满春光
你说，怎能不欢喜

紫色的喇叭花，开在路旁
香樟树，泛着光芒
那些堕入风中的承诺，化作烟雨
没有什么好懊悔的，就如
时光伸出手，在你眼角刻上山河一样
我们时刻准备着，白发暮年

我曾想挽留的季节，都一一远去
我想说的话，遗忘在黑夜
一天天，一年年
就这样无所事事地走着，春花秋月
繁花似锦，留给你的
不只是辉煌岁月，还有空虚后的寂寞

能否坐近一些，以另外一种方式
亲爱的，我们并不遥远
能否避开喧嚣的人群，放下你的繁忙
举手，放在额头上
看那浩瀚的天空上，云朵轻盈地舞蹈

冬　天

昨天，一场冬雨与一场阳光交替而来
湿漉漉的午后，有些疲惫
院里人家，花谢枝头
一个花甲老人，低头拾掇岁月的寂寞

没有什么悲喜，掠过心坎
平平淡淡冷冷清清的季节
从指尖滑过

肌肤冰冷，怀揣厚重的日子
在最小的地方，打望世界
慢慢把丢失的文字，组合成诗的模样

最好的青春，留给了往事
活到此，所有梦想就此打住吧
偶尔把往事，拿出来翻晒

山水之间，总有一缕阳光穿透心灵
不为过去低头，不为明天彷徨
冬天，最会懂得人心所向

这个冬天，无须怀念冰雪封闭的地方
暗香浮动的夜晚，时光不老

除　夕

噢，又是一年除夕之夜
亲爱的，我们的日子被一天天虚度
就如一座城池，荒废在视线之外
无人问津后，掩盖在泥土之下

我们活着，我们爱着
我们在纷繁的世道，寻找前世今生
不说余生多长，不念在水一方的旧人
蒹葭苍苍，是彼此生命的写照

许多人与我们背道而驰
消失在天空之外
时光太快，你曾经的青春年华
却时常在我梦里出现

未　来

未来，我将忘记前生的过往烟云
失去得太多，不必难过
生命中，有些事物未曾真正属于过你
当下生活，便是宿命
一生停留的城池，是你今世皈依之地

路，越走越远
我们的日子，慢慢从眼睛里滑过
肌肤，清晰的纹理
一次次，记载着内心深处的悲欢离合
再美好的往事，都经不住时间的遗忘

遇见的人，各奔东西
慢慢学会了，对生活言听计从
数着黑夜白天，等待阳光风雨
慢条斯理地活着，不再关心纷繁的世道
未来未知，未来可期

妈妈的田野

妈妈的田野，延伸到家门口
青涩时光，就如这稻谷
来来去去的日子，在一条路上穿越

走着走着，山矮了
走着走着，田野丰满又消瘦
走着走着，故乡就远了

深情的土地，醒了又睡去
反反复复地耕耘，反反复复地劳作
任季节交替，岁月如梭

青蛙，鸭子
高粱，绿豆
抬头的玉米，低头的水稻
在田野里，自由生长

妈妈，把窄窄的日子
栽种在黄土地上，年复一年地等待
在秋天，收获希望

在低处行走

背着梦里的高原，在低处行走
多年来，一直顺着最深的峡谷放逐生命
走得太久了，故乡就远了
那模糊的，不只是远方翘首的雪山
还有老父亲，日渐昏花的眼睛

在低处行走，学蚂蚁一样
谦卑而简单地活着，跟着谷底的风
任性地奔跑，甚至可以
把每一片白云，当作哈达
让飞过的大雁，带走我的乡愁

或许，我会迷失方向
在别人的洼地，找不到生命栖息的地方
但我依然，爱着低处的阳光
把生养母亲的土地，当作归尘的终点
在低处，梳理一生的时光

第二辑

走过

བགྲོད་སྒྲོད།

吉日波

彝族古谚语里，留下的传说
古时候，洪水滔天
只有吉日波，昂首在天地间
那是彝人祖先，与谷种存留的地方

在勒俄特依中，记载你的岁月
生子不见吉日波，枉在世上走一回
如果，你是彝人的孩子
你一定要到吉日波下，倾听山的跫音

远看如金字塔的山坡，停留群山深处
所有的山，在这里都矮了几分
所有的故事，在这里都流传千年
所有的信仰，在这里都停止想象

云雾缭绕，雄鹰飞翔
花朵，野草，树木
沿着山坡蔓延而上，路过的人
驻足膜拜，他们说
在吉日坡下，什么都不是轻浮的

德布洛莫

往北走，这里是灵魂的归属地
往北走，穿过大渡河就是异乡
月琴声，拨断了琴弦
马步笛，埋入了泥土
不再回头，不再留恋
不再悲伤，不再忧愁

往北走，在德布洛莫谷底停留
往北走，一直走到来世的路上
父亲的羊皮鼓，在这里沉默
毕摩的经书，在这里尘封
不必苦恼，不必哭泣
不必等待，不必回来

德布洛莫，德布洛莫
毕摩最后的经书中，那是鬼魂的家园
这里没有人间烟火，这里没有浮华烟云
安静后，还是安静
寂寞后，依然寂寞

甲古甘洛

千年的古诗里，记载了你的传说
大峡谷的山峰，阻挡了回家的路
一条长长的大渡河，那是归家的方向
人到甘洛，不能回头
回头远方，万水千山

所有的思念，化作了石头
落入河中，永不回岸
不要回头，不要回头
回头望山外的天空，那是母亲的牵挂

彝族的谚语里，说唱你的故事
生子不见吉日波，枉在世上走一程
群山环绕，阳光明媚
鬼山德布洛莫，鬼魂聚集的地方
不必悲伤，不必难过

星星和月亮，闪耀着光芒
彝家新村，生态宜居
水墨梯田，稻花飘香
我们在尼日河畔，留下了青春的足迹
秘境甘洛，梦想抵达的地方

大渡河

一

朝向北方的河流，只有一条
南方来的人，顺着流水
寻找前世之旅的足迹，或者
在一朵浪花里，将今生皈依来世

去往远方的路，何止一条
茶马古道上的马蹄印，在清溪关口
坚硬的石头上，一停千年
从此，驿站长路在海棠

千锤万凿，敲出的成昆铁路
每一条轨道上，都躺着一个名字
那些年轻的血液，掺杂着大渡河水
把汗水，融入崖壁深处
梦里，有母亲在云端下的等待

那个小伙子，发黄的笔记本上
写着一生的代码，一枚生锈的奖章
刻着，一个时代的号角
在寒冬的午后，他躺在一块石头下
生命，停留在二十三岁

二

蓝色的天空，蓝色的流水
太阳的光辉隐藏山外，高高的峡谷
把甘洛一分为二，那个远道而来的人
在一首古彝诗里，读懂了祖先
曾说过的，人到甘洛不回还的理由

坐在河岸，看流水
无须有人陪伴，把世界放下
荒芜之地，除了一河急流之水
一切都是静止的风景，捡一块石头
丢入河心，没有波澜不惊
就如背井离乡的人，他谦卑的命运

举头搜寻你的名字，一只鹰在头顶飞翔
它的翅膀，划过河心后
停留在悬崖上，不言不语
而我，在对岸
似乎看见了多年前，那个奔跑的人
我和他，有一样的肤色

三

把他的暮年，写在一首诗里
或许，没有人会读懂
眼泪打湿的地方，留下颤抖的名字

太多青春的记忆，埋没在泥土下
就如并肩作战的兄弟，他埋在寂静的山岗

活着的人回来，故地重游
在铁道部博物馆，他看见昔日的战友
吊在悬崖上，敲打石头
他们阳光的笑容，在艰苦的日子里绽放
一条天路，一锤定音

高悬的石拱桥，把一线天连接起来
飞驰的火车，从不为此停留
一次次，穿越甲古山水
风雨无阻，日夜兼程
带着甘洛的时光，一去不复返

四

终于可以静下来，在大渡河大峡谷
把自己，想象成一只蚂蚁
潜伏在最安静的地方，任风吹过
把双手立于嘴旁，对大山呼唤
听山谷跫音，回荡在耳畔

大山的跫音，又一次回荡在河谷
如此神圣之地，膜拜的人
把轻浮的心情，藏于心底

一个多情的诗人，跪拜在大山深处
他说一辈子，难以遇见震撼人心的山水
风轻云淡的午后，坐在流水旁
让红围巾，顺风飘扬
索玛花开过的河道上，一只小鸟
带着梦想，飞往远方
路上的风言风语，折不断它的翅膀

在时间的河滩上，睡着众多的石头
洗白了岁月，河床上的伤口
一道道，刻在崖壁脚腕上
诗人说，如果把大渡河的流水化作酒
醉了的，不只是秋月

五

你说，帮你看一次大渡河
你就要独醉一次，你的千山万水
已在中年，坠入风尘
能够攀上大峡谷，俯瞰大渡河
此生无憾，此生无悔

大渡河，知道了我的名字
大渡河，收留了我的青春
大渡河，给予我一杯清水
大渡河，洗涤我慵懒的灵魂
大渡河，包容我的悲欢

趁落日，还在谷顶流淌
趁青春，还在谷底奔跑
趁酒杯，还在手里燃烧
来吧来吧，做一个勇者穿越大渡河岸
在金口河的拐弯处，记得上岸

我来过你的故乡

路过延吉，白雪皑皑的原野上
三两棵白桦树，站立路旁
家家户户炊烟袅袅，玉米秆倒在地里
矮小房屋，热炕上
有温暖的日子，还有我的兄弟姐妹

天黑太早，我把目光投向远方
黑色的村落，一片寂静
没有人大声说话，独我保持着清醒
想起诗人阿炳和庄吉春，这里是他们的故乡
我悄悄地来，轻轻地离开

西昌，等你来

攀西高原，横断山脉之间
被古彝人开出的一条古道
一直延伸到群山外，当满天星斗
落入人间时，热情的火把
照亮希望的田野，点燃了一个民族的豪情

索玛花，开出彝家女孩灿烂的笑容
月亮栖息，春天栖息
四季如春的城市，湛蓝的天空万里无云
邛海栖息，泸山栖息
安宁河流域的民族，从未向大地低头

红军走过彝海，留下传说
嫦娥姑娘，借着鹰的翅膀从这里飞向太空
西昌，千百年来的风雨岁月
被时光，洗礼成哈达的模样
一针一线的百褶裙，是母亲温暖的嫁衣

小渔村

雨水太少
小渔村的泥土，干裂出几道口子
种下的玉米，瘦如豆芽
妹妹家后院的一笼竹林，低头不语

一只老狗，趴在门口吐出舌头
樱桃，在枝头探出头来
枇杷黄了，桃花谢了
一天天后，许多花朵开始走入暮春

五月太迟，三月太早
干燥的山坡上，露出焦黄的面容
安静的村落，炊烟稀少
古稀之年的老父亲，在院子里劈柴煮饭

世间美好，在这里淋漓尽致
没有喧嚣，没有世事纷繁
天空湛蓝无云，大风无休止地吹过
小渔村的海，便浅了几分

火塘边

在罗马村联合组，住着世居人家
青瓦房，靠山而建
家门口外，有一条溪流向山下流淌
老人告诉我，他们是本地彝族人
几十年了，从未远离过故乡
习惯了鸡犬相闻，看惯了蓝天白云

两条黑色的牧羊犬，睡在上山的路口
懒洋洋地，望着路人
房前屋后栽桑种柳，到处青山绿水掩映

彝族传统的建筑，用石头和木头搭建
火塘里，有一块铁丝拉钩
吊起一把黑色的茶壶，烧着山泉水

安静的村落，在大山深处停留
没有喧嚣，没有浮华
只有一大片树林，掩盖着远方的人家
坐在火塘边，看火焰跳起热烈的舞蹈
不必说话，虔诚静坐
暂且，把山外的世界全都忘记

一座城池

刚刚好的一座城池，不大不小
依山傍水，四季花开
有八瓣菊开的九环草场，牛羊满山
有最深的峡谷，奔腾不息的大渡河
有阳光雨露，春风拂面
有吉日波的光芒，茶马古道的神韵

这是，属于母亲的地方
如今，我继续活在温暖的山水间
在这里，我赞美生命
歌唱肥美的大地和种植水稻的梯田
高粱，黄豆
土豆，玉米
还有山坡上的荞麦，是祖先留下的粮食

一年年后，有人躲进云朵
外婆家的房屋，挪了好几个地方
一口老水井，搁浅在寂静的山野
粗糙的蜂桶，搁置在悬崖上
一条小路，长满杂草
掩盖了母亲的足迹，和所有的往事

每一天，我都认真地观察这个城池
春夏秋冬的模样，来来去去的路人
他们和我一样，栖息在这里
我们的肌肤，流淌的血液
说话的声音，走路的模样
都是这里的空气和黄色的泥土所构成

我满足于现状，绝不会将它遗忘
这个城池收留我，包容我
见证我的人生，成长的过程
我属于这个城池，虽然细小而狭隘
但我知道，它是我一生魂牵梦萦的故乡

西藏姐姐

抬头，是纯蓝的天空
白云绕过雪山，停留在布达拉宫上空
没有风，没有雨
阳光褪去一身焦躁，在这个九月
温婉地，落在你的裙边

在西藏，有个叫次央的姐姐
你把洁白的哈达，挂在大山的脖子上
香甜的酥油茶，斟满轮回的日子
你的名字，你谦卑的人生
你风华正茂的年华，你定格的宿命
在高高的地方，心安理得地活着

拉萨河畔，格桑花开了
香格里拉的后院，八瓣菊谢了
一天天，一年年
有人在西藏出生，有人在西藏归尘

住在西藏的姐姐，不远嫁他乡
一生一世，守住圣洁的故土
绛色的大地，石头搭建的山脉
顺着珠穆朗玛峰的高度，攀向天堂

沟壑纵横的大地，延续香火炊烟
雪花覆盖了草原，牛羊归家了
西藏的姐姐，捡一块石头
写上六字箴言，放在玛尼堆上守候来世

姐姐，在一首歌里放飞梦想
姐姐，在一杯酒里忘记忧愁
姐姐，在卓玛刀上行走天涯
姐姐，在八廓街上沐浴阳光

姐姐，用二弦琴打发黑夜的冷漠
古老的白塔，托起西藏的时光
寺院里的菩提树，连接天地之间的距离

晨钟暮鼓，反复敲打着日月
我住在西藏的姐姐，她的绿松石耳环
她的绣花藏袍，她写下的诗句
她慈悲为怀的人生态度，时常宽慰我的悲伤

为一座山抒情

我攀越的大山不多，只有你
在生命里，和我朝夕相处
我走过的地方不多，只有你
此生，为我留下深深浅浅的足迹

大山外，有山有水有长长的天涯路
云端下，有风有雨有辽阔的大草原
而我一生和他们，或许
只有一次的偶遇，在某一刻擦肩而过

甲古甘洛，从远古走来的人
已经归于尘土，古诗文里的洪荒世界
停留在吉日波顶，先人的火塘
未曾熄灭的火把，燃烧着一个民族的豪气

层叠的田野，稻香十里
一座山，一座丰碑
为一个城池，河谷两岸的村落站立
炊烟袅袅，鸡犬相闻

甲古甘洛，改变了亘古不变的日子
多年后，岁月翻过历史的篇章
谁还记得，特尔莫山上
父亲和战友们，用青石搭建的幸福路
绕过尼日河，抵达了远方

府河成都

从古巴蜀而来的风雨，沿着成都平原
向群山延绵的北方，一路游荡
相依河岸的鼓楼，便多了些许苍凉
父亲说，成都的泥土比咱屋檐还厚几分
苍茫岁月，都被明月洗成哈达一样

来来往往的行人，反复踩踏
让古老的成都，一次次承受生命给予的厚重
这些年来，成都有些苍老了
散花楼上长满青苔，雕花屋檐筑了燕窝
当年写诗的那个女子，在月上抚琴
想把寂寞的府河唤醒，重现生命的渡轮

传说古成都二千多岁了，而我只活在这里
几十年的光景，还来不及明白生死
来不及回报根与泥土的恩，一些人却远走天堂
而我存留的青春，在繁华落尽的季节
以一叶的姿势，开始渐远

总爱徜徉在府河旁，闻鱼腥味的空气
看三两只鸥鹭，追逐府河上的柳丝
听红瓦寺钟声的跫音，穿越心灵
浣花溪，落花散尽
深埋在岁月深处的记忆，被春风翻阅

天府之国，广袤无垠的原野
伫立现代文明的楼阁，灯火辉煌
映照着静静的府河，偶尔一叶随风飘下
依着四月的肩，缓缓走向远方

府河，一直包容着一座城市
就像母亲，包容着土地的贫瘠
而我在春色下的成都，记住了奔腾的流水
在四月，与我灵魂的邂逅
它洗去我眼睛里的尘埃，心底的浮躁

大泸州

一侧是长江，一侧是沱江
另外的黄土地上，有千年的酒窖池
青瓦房，在葱郁的树林中站立
一条路，沿着长江延伸
五千年来，来来往往的人从未停下脚步

房前屋后的竹子，继续生根发芽
田野里的高粱，红了又黄
锅碗瓢盆，是母亲一辈子的伙伴
老父亲豪迈的性情，在土坛子中修行
屋檐下的青烟，熏老了日子

世界之外的纷繁，被流水淘尽浮华
有人来了，把一生都留给了这里
有人走了，从此隐归天涯
浪花翻滚着，水的花朵
纤夫与船工的号子，在张坝口响起

活在这里的人，坦坦荡荡
他们对酒当歌，喝不尽的滚滚长江水
一杯茶，泡出骨子里的柔情

不抱怨，不远离
他们一生大度地活着，大度地老去

大泸州，有酒
大泸州，有诗
大泸州，有两江交汇的激流
浮沉的流水，淹没多少往事沧桑
唯有天空，一轮明月依旧

遇见自己

这块土地，有雪山河谷青稞麦
有矮矮的玛尼堆，飞扬的经幡和白塔
黑帐篷里，有阿妈的奶茶
举手，天空只是一尺高的距离

这块土地，尘封着祖先久远的信仰
生命之外，无所谓悲欢
纯洁的空气中，弥漫着雪花的清凉
让心生莲花

山脉延伸的地方，叫高原
把生命之外的伤痛，留给身后的河流
放下烦心的日子
去辽阔的草场上行走，像土拨鼠一样
虔诚而自在

脚下的路，抵达的地方叫来世
修行，不是为了遇见佛
而是自己

特尔莫山

抬头仰望，是巍峨的马鞍山脉
俯瞰远眺，是彝人心中的吉日波神山
脚底下的尼日河，绕过甘洛城
冲刷过往烟云，许多故事沉入河底
远古飞来的山鹰，从未停息过翅膀
在索玛花开的地方，唤醒大山深处的黎明

身旁依着水墨梯田，那是甘洛人粮仓之地
彝族碉楼，记载着一段家族史
牛皮纸上的古诗文，被毕摩译成太阳月亮
黄色的铜铃，摇动着千年不变的咒语
慈悲为怀的母亲，守望着不灭的火塘
一把火，点燃生活的希望

没有人，记得太多往事
没有谁，把甘洛的历史反反复复读明白
前人的足迹，镶嵌在黄土之中
父辈们流血流汗，却从不流泪
唯有一座山峰，见证了日月如梭的流逝
烙印着，甘洛人亘古不变的信念

成都，古往今来

烟雨，是江南亘古不变的恋人
飞雪，是高原不老的信仰
落叶，是秋天曼妙的舞者
红豆，是南国长久的思念
而温情的成都，一定是诗人最后的故乡

今夜，一场从江南而来的雨
打湿了成都的秋天，被流水遗忘的芦苇
搁浅河岸，风老了
荡不起暮色苍茫，任一缕晚风落入黑夜

那些以酒为马的日子，沦陷成都
你逃离过，午夜的浮躁
每一个破碎的酒杯，都是一笔流逝的青春
唯有府南河畔，遍地的故事
沾满蜀人的往事，和成都寂寥的时光

成都，宽窄巷子
一样地逃不过，古人的虚荣心
他们把自家的日子，放在一块土地上显摆
甚至屋檐下，在一朵雕花里
放上张家的故事，李家的千秋伟业

所有的思念，在散花楼里藏匿
成都，让薛涛寂寞的地方
成都，让杜甫忘记悲苦的地方
成都，让爱情沦陷的地方
成都，让幸福满足于一碗茶的地方

如果，心累了
捋一捋额头的苍茫，坐在春熙路旁
许多人为你而来
他们匆忙的背影，是一道动人的风景
不要想她的去和来，他的悲与欢
成都古往今来，何曾与你有关

尼日河上

身边的人，如流水般消失不见
不同年轮，不一样的季节
在尼日河上，淋漓尽致地表现出来

不回头，不停留
一条河的路，延伸到最远的北方
而我，只能目送远去的背影

如果，我能活出江河的性情
不在意大山的高远，岸上的繁华
是否会抵达你的彼岸

尼日河，包容我的一切
一直在身边，唱着母亲的歌谣
陪我认真活过

柳江小镇

水稻田，高出了田坎
一望无际的大地，除了绿色外
看不见任何烦心的事物，风平浪静的柳江
没有仙鹤，一些麻雀飞过后
温暖的六月，覆盖了往事

雨纷纷，农家小院是寂静的
柳树，低头不语
我在窗口，看着雨
落入长满青苔的，古老的石头缸里
一朵莲，开出了来世

路旁的豇豆，已经发白
一个老人驻足观看后
摘下几串放入布口袋里
他佝偻的背影，让柳江多了一份沧桑

在成昆铁路上

当火车，穿越大峡谷隧洞的时候
一片接一片的黑
模糊了窗外的大峡谷，大渡河两岸
人烟稀少，搁浅的木船
在乱石滩上，只留下浅浅的影子

一只苍鹰，孤独地飞过一线天的崖壁
轰隆隆的火车声
也未能唤醒，两岸人家的炊烟
漫长的成昆线，是一条历史的坐标线
带我们，重温一遍过往历史

有人说，每一段轨道上
都躺着，一个铁道兵年轻的身躯
每一寸路，都是千万修路人
用汗水与鲜血，凝固而成
许多年来，每列火车路过这里时
司机都会鸣笛，向长眠地下的英烈默哀
坐上火车，穿越成昆线
那些桥墩石上，写下的红色信念
雕刻着，每个铁道兵的信仰

艰苦的岁月，也未能阻挡前行的脚步
一面红旗，高高飘扬
引领着各族儿女，穿越万水千山

在铁路兵博物馆，请记住他们的名字
记住那些年，曾风华正茂的青春
记住苍茫岁月里的一份热爱
和生命延续的坐标
这段里程碑，是一段红色的记忆
让我们回望历史，向远去的铁道兵致敬

去草原

拥挤的人群，早已看不见大山的额头
没有草，没有云朵
月亮卡在高楼间，一双双眼睛
被酒杯，浸泡成失色的日子

高原上的花朵
与你没有关系，你消失的土地
长满黑色的石头，河滩上
那些浅浅的青苔，已经荒芜成沙
你的牛羊，老死山坡

去草原
丢开城市套路，虚假的语言
来一次，说走就走的旅行
只为一次心灵的修行

你看那佛性的草原，敞开怀抱
牦牛，追逐云朵
一只只土拨鼠，在路旁举起双手
阳光，正越过山丘而来

大地的骨头

树叶还在飘落，一些风
总是不期而遇，轻轻地
打落枝头上，春天最后的停留

夏天到了，一样有冷雨穿透黑夜
当阳光，偷吃了禁果
把大地的骨头，燃烧成火塘里的木炭

五月开始，有人看透了命运
藏在黄河口岸上，却从不抱怨
一年年后，日子被洗礼成云朵的模样

古　墙

依着桂湖，望着古楼
一道弯弯的墙，在风雨阳光中
站立了五百年

褐色的砖块，早已褪去了最初的颜色
太久了，过往的人
早已成为湖岸上，莲花亭台的记忆

一块块青砖，叠成历史方位
斑驳的时光，被杨升庵写进流水中
古墙，谁还会在意你的孤独

宝光寺的斜塔，紫霞山的桂花
远远地，守望着你
一生一世，因你的坚持而延长

日月，从你指缝中走过
你没有信仰，在今生宿命的土地上
无怨无悔地守望
你从明代而来，在新都的天空下停留

穿越岁月的沧桑，没有天长地久
你习惯了寂寞
也许时间久了，路过的人忘了你的存在
唯有一盏灯，在黑夜里
读懂了你

大凉山的诗人

遇见大凉山的诗人，可以彻夜喝酒
他们把邛海，当作酒缸
一杯接一杯，洗漱情感丰富的血液
谈诗说远方，抛开纷繁的尘世
不说人情冷暖，不谈苍茫世界
一首诗，足可以温暖人心

群山环绕的大凉山，山高水长
写诗的人，守住日月
守住大地，母亲的火塘
他们抬头，是高飞的山鹰
低头，是金沙江的奔腾

大凉山的诗人，用硬石头读鬼语
用情人的眼泪煮土豆，不把冬天当回事
黑夜算什么，孤独是一种穿越
有诗相伴，不悲不喜
有陈酿米酒，打开大山封闭的日子

周发星说，在大凉山
不成为诗人是一种可惜
不成为情种是一种可惜
不成为酒神是一种可惜
我想，他的面容里有故事
他花白的胡须里，一定有传说

六安山水

一

九十里山水画廊，在六安
也只是九十里长度，一道大裂谷
划开了山与山的界线，阻挡了风雨方向
一条路，沿着大别山的脉络
延伸到青松岭外，顺着流水攀岩而上

路旁石头，堆砌出时光的高度
一道细长的飞瀑，挂在悬崖峭壁上
无论如何奔跑，也淌不过大别山的腰际
水墨风韵的山水之间，云朵自在舒卷
满地水晶石，泛着金色光芒

六安，也称皖西平原
安徽西南地，是红色革命根据地之一
烈士的鲜血，染红了黑色的土地
在张家店，每一寸土地上
都躺着一个鲜活的生命，他们永远停留在这里
父母在远方，故乡在远方

在树木茂密的山岗上，生长着幽香的兰花
在大山外，很少有人知道这里
古人说，六安的花草
甚至人心和梦想，都是安静的
这里没有喧嚣和浮云，没有名利与尘世的烦恼

二

一道泉水，从八公山蜿蜒流出
穿过九十里山水画廊，停留片刻后出发
淮河，伸出手臂
远远地迎接着，百川归一的游子
两岸的风景，随着日月流转
被风吹入流水，向着北方一去千里

东石笋，站立的高度
与天地之间，只是一尺高的距离
松柏树在路旁，低头不语
埋藏在大山里，无人知晓的自然景观
如诗如画，如梦如幻

有人走入大山，劈开了雾霾
有人打理杂乱的草木，规划大山蓝图
有人修好了山路，建好河堤大坝
有人彻夜不眠，为九十里山水穿上嫁衣
有人为此操碎了心，让大别山走出山外

沉睡的人，已经醒来
愚昧落后的观念，早已埋入泥土之下
崭新的年代，翻天覆地的变化
让贫苦的日子，一去不复返
皖西老区，以一种明媚的姿态回来

绕着大别山，沟壑纵横的脉络
那些山脉，巨大的石头
绕过行走的路口，静坐于上游的时光里
青瓦红墙人家，鸡犬相闻
简单日子，在大山深处反复轮回
有人在这里生，有人在这里归尘

三

大华山，是有名的佛教圣地
集佛教道场于一体，每天迎接各地香客
红墙青瓦，年代久远的朱颜木门
被沉默的狮子守望着
背靠着千亩竹海，淌出甘露的古矿泉井
在古枫树下，静谧而神圣

云峰寺修建于唐代，在唐永徽四年
公元653年，古新罗国太子金乔觉
西渡中国学经修行，首选小华山为道场
因坐禅地陷，在大华山建庙一座
此地山峰奇异，故名为云峰寺

云峰寺，伫立在青山绿水之间
寺院里的香炉，被时光
打磨成锈迹斑驳的模样，一地的虔诚
在香烟袅袅中，带着心愿升腾
在这里，每个人都是低头的修行者

一个清瘦的主持，穿着黄色袈裟
站在门口迎接香客，他褐色的肌肤布满沧桑
寺庙里每一根木头，都是他精雕细选
每一天与佛为伴，习惯了晨钟暮鼓
一辈子，不曾远离

大堂墙壁，脱落了颜色
金色的殿堂内外，打扫得干干净净
佛祖笑眯眯地看着每个人，不知道
他是否洞察人心，看透每一个人的心思
是否知道，与他三生三世的相约

四

毛坦厂的明清街道，古墙已经颓废
斑驳的石板路，拐弯抹角地穿越胡同
几百年前的古楼，被打入冷宫
那些墙上留下的痕迹，还在告诉人们
这里曾经繁华过，也曾萧条过

古街上，有做面点的人家
从田野里开始，把麦子打磨成精美味道
香脆的麻花，美味的锅巴饼子
河道里的小白鱼，野生虾子
葛根饼子，腊肉与萝卜
一道道绝妙的美食，吸引着游客

赵姓人家，代代相传的油纸伞
成为一张名片，也是当地的非物质文化遗产
给新嫁娘准备的红伞喜气洋洋
花色的、纯色的油纸伞
用竹子撑开，精巧的做工让人惊叹不已

毛坦厂中学，吸引着大山外的学子
父母们，千辛万苦来到这里陪读
这里没有游戏厅，没有喧嚣的喇叭声
没有高楼大厦，没有灯红酒绿的夜市
只有琅琅读书声，声声入耳

五

大食堂的石缸还在，一棵老树
斜靠墙角，光秃秃枯瘦的模样
糊在墙上的报纸，褪色发黄
那些毛笔字写下的菜谱，依然充满诱惑
娟秀的字体，出自邻家小妹

张天一家在大山深处，有一院的兰花
每一个季节，都有幽香的花朵
他写诗不忘种树，也会独自到深山寻兰
不知何时，才能去他家后院
用月光温酒，听许洪峰继续读秋天的诗

黄色的皮肤，是大别山固有的模样
明亮的眼睛，是一汪清澈泉水
他们是皖西的儿女，一生守护着大别山
抬头是蓝天，低头是大地
不言苦，不说忧
有九十里山水画廊相伴，何惧匆忙的人生

六安，离我两千里之地
没有魂牵梦绕，只有一份思念
在淠河两岸停留，那里有兄弟姐妹
他们吟诗作画，不卑不亢
把冷暖自知的日子，藏匿心里
他们大度的生活态度，时常宽慰着我

在宏村

在宏村，下了一场秋雨后
遇见一道彩虹，高高地悬挂远山处
雾色朦胧的村落，如诗如画

秋风瑟瑟，一池零落的荷塘低头不语
白墙碧瓦，青石古道
深深浅浅的脚印，已风化成久远的记忆

两棵古老的柏树，站立村口
树太老了，粗糙的树干已经蜕皮
金色的叶子伸入云端后，便堕落风尘
秋天，这里的日子有些清凉

说宏村，有八百多年的时光
看古道上的痕迹，木窗上改色的朱颜
所有的繁华，已经落幕
所有的悲欢，消失殆尽
风花雪月的往事，已镶嵌在石头缝里
没有谁，记得叱咤风云的那个人

在黟县停留的宏村，有许多小秘密
为此，许多人千里而来
相识一场秋雨，有些相见恨晚
诗人叶子说，在这里小住一段时间
夜枕秋月，听风吹古树
向远方的人，晒一下宏村的心情故事

如　果

如果，你想起大凉山
会不会记得
尼日河畔，为你洒满的暖色的月光

如果，你想起一个人
会不会记得
她曾为你长发及腰，回眸一笑

一年年，一天天
田野瘦了，谷子老了
天空近了，吉日波矮了

寒冬，说来就来
时光，说走就走
一粒种子，被封闭在寂寞的树枝上

春天来了，准备好行囊
北去的路上，不管是什么天气
一定记得，带上南方的阳光
如果，你想故乡了

在黟城喝酒

有些人，或许一生也不会相见
路有千万条，一些梦想
不在同一条地平线上，比如我们

流浪人与跋涉者，鱼和蝴蝶
即使遇见了
在路上，走着走着就散了

金秋十月，在黄山下
在黟城，我找到失散多年的兄弟
我们吟诗喝酒，不醉不归

黄山挑夫

登上黄山，俯瞰悬崖峭壁下的大地
有眩晕的感觉，窄窄路上
游人如织，每个人都拿着拐杖
步伐艰难，向莲花峰山顶爬行
迎客松，在路旁目送渐行渐远的背影

在路上，遇见一些挑夫
总会远远地避开，为他们让路
矿泉水，白酒啤酒
白菜萝卜，花生饮料
在他们的肩上随着脚步晃动

汗流浃背，青筋暴露的脚肚子
我看见吃苦耐劳的黄山人
他们守住故乡，从不言苦
挑起大山，从不放弃
为远道而来的人，留下一份温暖

黄山挑夫，挑起黄山日月
肩上，是沉甸甸的日子
脚下，是踏踏实实的生活
他们挑起的是一份责任，和一生的信仰
在这里活着，在这里归尘

爵版街的春天

老成都的小巷子，青石板搭建的路
延伸到繁华大道
一道刻画着陈旧时光的墙，古朴风雅
青瓦小院，褐色的模样
还保留着，多年前的记忆

安静的地方，一个老妈妈
低头，认真纳着布鞋底
路过的人，来来去去未曾抬头
她的脚下，是一排排纳好的鞋底
还有几个精致的，手工做的鸡毛毽子

二月的阳光，穿过高楼大厦
徜徉在每一个角落里
一棵细小的李子树，开出了洁白的花朵
微风一过，如雪花纷纷扬扬
飘落在屋檐街道口，和老人花白的头顶

爵版街的春天，被一排排红灯笼唤醒
祥和的日子，充满爱意
我站在这里，注视着成都最温馨的画面
有一种感动，碰触心扉
突然想起母亲，她已经离开好多年

漫水湾

漫水湾，是二姨妈的故乡
一湾清澈的流水，顺着安宁河流淌
樱花谢了，桃花正开
山清水秀，丰衣足食的地方
轿顶山上的阳光，铺满了故乡的小路

王家的四合院，泥土建的古雕楼
厚重的实木大门，掩盖了曾经的繁华
木格子窗棂，雕花的屋檐下
住过的小家碧玉，早已远嫁他乡
只留下一方梳妆台，落满尘埃

鹅卵石铺垫的院子
古朴风雅的院落，是一段家族史的写照
春花秋月，交替而来
一地满满的记忆，碰触久远的时光
即使白发老人，也会泪流满面

绛红色的泥土，种瓜得瓜种豆得豆
在这个，有着温暖灵魂的天空下

世间一切烦恼，都会挥之而去
乡愁，是治愈思念的药方
是内心深处，藏匿的一份美好的信仰

漫水湾，是二姨妈的故乡
童年的足迹，烙印在厚重的泥土之上
不管岁月如何老去，亘古不变的
是这里一山一水的模样
是一生一世，梦里归家的方向

应天寺

与树有关的花，已经在枝头上次第开放
除此之外，花坛上
还有几丛绿色的植物，沾满香火的尘埃

午后的应天寺，人烟稀少
铜炉上，有几支香泛出淡淡的香味
点香的人，许下愿后离去

春风路过一棵梨树
停留在枝头上的，那些熟透的花瓣
如雪花一样，纷纷扬扬坠落在石板路上

鼓楼，停止了想象
许多年了，站立在寺院角落
听晨钟暮鼓，敲打着时光的年轮

安静的应天寺，没有世界之外的喧嚣
慈悲的佛祖，拈花一笑
接纳世间一切欲望，倾听每个人的告白

在羊湖之上

天空很近，湖水很远
一道接着一道的山坡，绕着羊湖而去
高原上的海，浪花拍打海岸
没有船，没有渔夫
甚至看不见，为黑夜引路的灯塔

蓝色的水，蓝色的天
在这海拔四千多米的地方，经幡飞扬
白塔岭，玛尼堆
以虔诚的姿态，静望着一海的春秋
不卑，不喜

海鸥翻越万山，来这里修行
就如一个朝拜者，把这里当作天堂
路有多远，梦就有多远
纵然隔着无数的雪山，无边的草原
脚步，依然如鹰一样飞翔

空气里，有海与雪花的味道
藏人，依旧如初的信仰
在这里淋漓尽致，不慕山外的繁华
不念红尘欲望，守望着一山一水一世界
在羊湖旁出生，在羊湖旁死去

羊八井的雪山

在羊八井，可以看见南迦巴瓦雪山
它的高度，与天空并肩
早上的太阳在肩头，夜晚的月亮在眉梢
一条温暖的流水，从雪山而来
为高原人，洗去冰冷的沧桑

在这里，无须浓妆艳抹
素颜面对雪山，面对这里的兄弟姐妹
让心灵，来一次修行
无须算计余生，跟随羊八井的雪鹰
一路高歌，一路飞翔

街子古镇

稀稀拉拉的雨，从早上到黄昏
从未停息过，湿漉漉的街子古镇
人烟稀少，门店生意冷清
偶尔，遇见几个撑雨伞的女子
走过石板路

雾蒙蒙的山，被一棵古老的柏树
挡住视线，白塔下
古人，燃烧的纸已经坠入泥土
只有一个廖氏后人，守着灰白色的塔
低头雕刻着，太行山的崖柏

青瓦屋檐，雕花的石缸里
长满绿色的青苔，一只花猫躺在门口
做麻饼的人，正在打理一粒粒芝麻
香气扑鼻的萝卜干，诱惑路人的味觉
路旁，几个卖莲藕的老人
背篓里装着莲花，呈现出古镇特有的气息

剑南春酒坊遗址

好多年了，酿酒师的泉水
在古戏台的老树旁，未曾枯竭
剑南春，被古人铸就的代号
定格在历史的天空下，从此
一个城池，因为一个名字而美丽

剑南老街上，青石板留下的记忆
被时光，踩成光洁的路面
来的人，走了
走了的人，不再回来
守在家门口的买酒人，沉睡于泥土下

酒坊遗址，掩映在几棵古树下
青砖碧瓦搭建的作坊，有些年代了
大门上的画，斑驳陆离
一根木杆，拉起了酒坊的春秋
一口口发酵窖，用泥土封闭已久

有人告诉我，绵竹人好酒
他们沿着祖先的脚步，守望着一方水土
不曾离开，也不曾后悔
岁岁年年，为酒而活

广袤无垠的大地上，水田肥美
把麦子收割了，把高粱种下去了
把玉米掰回来了，把水稻栽下去了
最后，全部融入酒坊
成为一种碰触灵魂的，叫酒的水

在避暑山庄

三百多年前，一条从京华而来的路
停留至此后，不再远行
青石铺就的马路，称为皇道的路口
被房屋，河流，杂乱的野草无声掩盖
那些白色的，棉花一样的云朵
透过屋顶，寥寥散落天空

高高的古松，站立在当初指定地点
它们依次排列，姿势谦卑
有的昂首，有的低头
几棵倾斜的老树，有些疲倦不堪
在路旁，紧紧地抓住泥土给予的最后的养分

四合院，里里外外树木林立
每一块石头，瓦片，金丝楠木窗
精雕细刻的头钗饰品，盆景香炉，佛堂供品
见证了沧海桑田，它们一起抵御风雪
默默记录着，繁华与悲欢

半山坡上，石头打磨的小路延伸至山顶
对酒当歌的人，早已去往来世
枯树在，四面云亭在
冷宫前的桑树在，多角的枫树在
只是，物是人非事事休
从此不见豪迈的酒杯，对酒当歌了

江南烟雨楼，垂柳，热河
河上扬帆而过的人，石拱桥，荷花
锦鲤，河岸蒹葭，苍蓬
在熙熙攘攘的人群过后，自由自在地活着
远处的棒槌山，若隐若现
我看见一抹水影中，一只鸥鹭孤独地飞过

诗上庄

走一路，便丢失了一路的记忆
这种现象，或许
只有诗人才会出现
在诗上庄，每个人都在寻找前世之旅

诗歌，流淌的眼泪
从来没有人相信，会是咸的
就如，遇见的上庄老人
没有人知道，他也曾经写诗作画

在诗上庄，我看见了几个熟悉的人
他们的名字，落在墙上
我试着喊了几声，却无人回答

这里太远，隔着冷暖人间
一条河，沿着官帽山的日子流淌
清冷的河岸上，石头打磨成豆腐

惠特曼与李白的诗，被世道遗忘
你不来，所有的诗
都陷入长久的寂寞

凤凰古城

凤凰古城，呈现在四月最后一天
在落日余晖中，站在桥上
我竟有些意外，它的不完美

河流缓慢向东而去，有些混浊
水面，漂浮着各类垃圾
卖玫瑰花的孩童，有些老道世故

诗人，给我一枝玫瑰花
我让凤凰古镇作背景，拍摄一个片段
却被拥挤的人，打乱了心情

我匆忙的脚步，引不起风浪
这里没有熟悉的人，我只是一个过客
灯火辉煌后，转身离去

世间最短的河流

从远处来，向远处去
八百米的河流，穿越古村落的寂寞
从此，龙塘河
一条没有回头的流水，让多少人肝肠寸断

从黑夜中来，到黑夜中去
没有目的地地奔跑，伴着侗寨的歌谣
一去不返，绿水青山下
云舍村，我和你只隔着一段流水的距离

你是大地给予人间的甘露，涓涓流水
永不枯竭，因为有你
梵净山下，山河不寂寞
即使你只是一条，人间最短的河流

古羌之路

一

从殷商穿越春秋战国，在岷江上游
蜀山古氐羌人，开发的河流
穿越山水，绕过家园而去
以冉駹为主，是羌族先人之地
走过的脚步，被一块块石头收留

在悬崖峭壁上，在河谷口岸
在青藏高原之下，在黑水河的沉默里
风化成，一幅天然水墨画
以羊头为天，以羊脚为地
生活在天地之间的古人，把崇拜与信仰
归于温顺，归于善良

古老的城楼，雕花的门窗
青石板上留下的车轮，还是当年的模样
曾经的繁华与落寞，爱情与誓言
甚至轮回而过的草木，风花雪月
早已随时光，堕入风尘
还有依稀迷糊的记忆，残留在古城墙上

二

叱咤风云的人，抛鞭归尘
鲜花盛开的山坡，牛羊无踪迹
怒马奔腾，羌笛悠悠
英勇无畏的骑士，打马驰骋疆场
许多年后，大山深处
通往天外的路口，依旧看不见来者

羌绣，彩陶
埋葬千年的宝剑，锈迹斑斑
金腰带，贝壳镶嵌的帽子
羌袍，烟袋
羌银打造的耳环，颜色不改
在土司家的后院，站立一棵菩提树

祖先，用石头堆砌的碉楼
站立在九顶山上，守望着故乡的山水
岷江河岸上的人家，不曾远离
在低处，打捞雪山的眼泪
放在铜盆里，用阳光过滤加热后
洗去太多的悲，洗去太多的苦

三

太阳，月亮
白云，星星

未曾离开过的地方，日子反反复复
如流水般消失，继而
从子孙后代的模样里，重新回来
喝不醉的咂酒，被时光掩埋的秘密
在一段诗歌里，催人泪下

悬崖上的竹子，做出的羌笛
吹老了爱情，金色的琴弦上
是尔玛妹妹缠绕的丝线，一千年以后
爱与恨，生与死
白天与黑夜，雪山河流
在茂县最深处，沉淀成那些坚硬的泥土

藤萝缠绕的拐杖，丢弃在路旁
渐行渐远的人，已经不需要目光相送
绣花的头帕，云朵鞋上的时光
牛角酒杯，长杆喇叭
用古羌人的性情，熬出的豪情壮志
装满甜蜜，让人爱上他的故乡

四

血液里，流淌着雪山的供养
阳光充足的地方，适合万物生长
青稞麦，小碎米
养出的女子，像白云一样柔美

金亮亮的咂酒，岷江的流水
养出的汉子，顶天立地不曾退却过

这里的人间烟火，远离山外的浮华
没有名利烦恼，没有尔虞我诈
每个人，盘坐在自己的万水千山中
以天空，为辽阔的胸怀
以大地，为厚重的情感
不惧烈日，不畏寒冷

火塘里，燃烧的岁月沉静如昨
坐在堂上的人，死于安乐
一把宝剑，挂在墙上
那个手持宝刀的人，浪迹天涯
在路上，遇见知己
他转身后，九顶山上光芒万丈

祖先留下的羊皮鼓，落满尘埃
敲鼓人，老眼昏花
一曲悲凉的羌笛，在两岸吹落眼泪
当寒露，穿透阴暗的黑夜
雪花飘落的地方，有人在这里醒来

五

五彩丝线，绣不尽女子的思念

花朵，草木
树叶，种子
大自然的语言，云朵下的村落
被一针一线，镶嵌在简单的日子里
把烦恼关在门外，一生不寂寞

高高低低的地方，山水相依
埋葬的灵魂，走不出天空
三生三世的桃花，开出明媚的花朵
鸡犬相闻，阡陌小路
老阿妈，种在石头缝里的苹果
被叠溪的流水浇灌后，有初恋的味道

放眼望去，在涪江上游河谷地带
广袤无垠的大地上，崇山峻岭
恰是秘境之地的峡谷深幽，沟壑纵横
生长着大熊猫，与天然的药材
生长着金丝猴，与奔跑的藏羚羊
它们自生自灭，与世无争

六

羌族，民族演化史上的活化石
存留的古羌城，是传统羌族建筑技艺
如今，也是与现代建筑工艺
相结合的完美产物，一根彩色的羽毛

一首歌谣，是羌族人
对生产和生活的书写，对智慧勤劳的见证

赤不苏河，从高处走来
走过唐诗宋词，走过金戈铁马的岁月
一路向前，未曾停留
与松坪河相遇后，在两河口汇入岷江
土门河，从西向东纵贯
在茂县下游，与涪江水一道西行

这片土地上，游子把乡愁化作笛声
就如母亲，把密密麻麻的日子
所有的悲欢离合，绣在卑微的生活里
不言苦，不言悲
头顶上的云朵，便是命运最好的馈赠

七

圣人出，凤凰代仪
诗意的地方，千古流传的绝世佳话
镌刻在，凤仪镇的古楼上
藏羌彝走廊的历史变迁，从昨天到今天
融入了，各民族世袭血脉
一个地方的文化，繁荣着一个民族的未来

千里而来，唯以礼相待
火红的哈达，为你举过头顶
我在唐代的记忆里，寻找前世之旅
一砖一瓦，一石一木
残留的故事，都已经沉淀成干枯的石头
唯有凤仪楼上的月光，依然如诗如画

一些人，等我太久
以至于初相见时，有些白发苍苍
他们把风华正茂的青春，记载在文字里
也和我一样，把所有的爱与快乐
托付给故乡，自在地活着
无论走到哪里，行囊里都是母亲的牵挂

君生古羌之地，逐水草而居
不必计较身后的事情，活在当下就好
余生多长，暮春过后
谦卑的生命，只是指尖上的里程碑
我们一路走着，敲打黑夜和黄昏
走着走着，一切都已过去

在寿县

在寿县，广袤无垠的大地上
一定会生长着，金色饱满的黄豆
谦逊的楚国人，把泥土打造成为青瓦片
用青石头，糯米汤混合的汗水
堆砌起的城墙，坚固而永恒

安静的淝水河，绕过古城
柳树依着两岸而立，目送远去的时光
古城楼上，雕花的木檐口
蜕变成褐色的模样，一道木马车轮

压出细细的痕迹，依然站立在城池中央
来来去去的人，在金戈铁马中烟消云散
山水依旧，日月如梭
那些曾经叱咤风云的人，在一千多年后
沉默不语，唯有一座山
树立着一个碑，人们还记得他的名字

多少年后，寿县人
守住一个古城，在这里心安理得地活着
即便远去，也将落叶归根
他们有古楚人的模样，甚至
好酒的性情，以梦为马浪迹天涯

在寿县，每一寸黄土之下
都安息着一个灵魂，他们生于忧患
却不能死于安乐，一生一世
守住故乡，任风吹雨打
用祖先留下的玛瑙泉，洗去所有的悲欢

安丰塘

一块洼地，堆积的乱石滩
被孙叔敖，一锄锄地锄出来
只是一个塘，一个储备雨水的塘而已
几千年来，却灌溉着寿县的大地
养活了，一方水土之上的人

因为安丰塘，这里没有干旱
年年水稻花香，五谷丰登
人民安居乐业，从不曾离开过故乡
辽阔的塘里，可以筏舟养鱼
两岸青山绿水掩映，村落鸡犬相闻

一块碑上，刻画的字已经模糊不清
解读了许久，才知安丰塘也叫芍陂塘
古人高超的智慧，在这里得以浓缩成精华
他们谦卑的姿态，他们清廉的人生态度
在这里，一直延续下去

黄河走廊

一

从扎曲泥土中喷涌而出，在多石峡口出发
黄河走廊的方向，未曾改变初衷
那些山脉，巨大的石头
绕过行走的路口，静坐于上游的时光里
黄色的肌肤，黄色的血液
黑色的眼睛，黑色的头发
他们是黄河的儿女，一生守护着亘古黄河

都说她是母亲河，润泽干枯的大地
沿着巨龙走过的路，从高原
到九曲十八弯的草滩，路过月亮湾
古老的藏寨，一去不回头的旅程
在流水中，顺着岸上的炊烟

缓缓匍匐于大地，流淌一方水土时光
背水的女子，反复把黄河从清晨背入黄昏
却无法，背起父辈的沧桑
她们一辈子，与黄河相依为命
喝黄河水，沐黄河阳光
泅渡着黄河相伴的日子，从不言苦
简单地，活在自己的宿命里

二

上游的落叶，飘落黄河
上游的草籽，沉入黄河
上游的风笛，融进黄河
上游的牧歌，欢送黄河
泥土沙石，草根树枝随着流水北去
一脉黄河，向东营入海口而去
大海敞开怀抱，接纳远方的赤子

黄河边撒网的汉子，打捞生活的心酸
浣纱姐姐，嫁给了河套纤夫
谦虚的芦苇梭子，在秋风里如白发
羊皮筏子，藏在渡口
搁浅的木船上，鱼凫沉入河堤

一年年，麦子青黄相接
岸边老人，在黄河背影中归尘
撑船的汉子，扎起红腰带
黝黑肤色，灌满黄土沟壑纵横的模样
他们日出而作，日落而息
习惯流水的声音，习惯黄河的歌唱
一辈子，活在黄土之上
没有想太多的生，太多的死

三

黄河路过中原，先人称之为中游
麦子，中原人，成群的牛羊
干裂的泥土，梭草，河埠口上的船舶
一样伸出双手，迎接黄河

中原人从黄河口出发，游学从军
他们游走四海，像宋朝人一样喝酒写诗
清明上河园干枯后，园主死于明初
小桥流水，亭台楼阁
和他一同埋在宋朝，好多年后
有人想起过往，想起他的风花雪月
用一支画笔，勾出他的悲喜
他被历史埋葬，黄河记住了他的沉浮

在明朝，黄河行走的路径不变
万年不变的旅途，顺其自然地穿越平原
黄河滋生的孩子，举起日月为灯
将万卷书读破，把万里路走完
在北方之北，抵达入海口

格桑花，芨芨草，骆驼刺，沙枣花
带着高原，平原和中原的情感而来
从此以后，东营收留百川归海
那些泥土上的花朵，百草丛生

他们是远方的种子，漂泊后
落叶归根，在东营又一次生根发芽

四

黄河在诗歌中出现，在歌谣中醒来
思念，在黄河岸上延续
赤裸裸的爱情，燃烧春夏秋冬
爱与恨，在去和来之间
在爱和不爱之间，注定缘分
仍然有令人心痛的夜晚，和茫然的青春

上帝，主宰不了黄河
恺撒的咒文里，魔鬼绝对归不了天堂
游走的鱼儿，把自己当作流水
走着走着，故乡就远了
从上游走过中游，最后在下游皈依佛门
月亮升起来后，他们聚在海洋
与海一起歌唱，忘记十万八千里的劳顿之苦

五

黄河之水天上来，奔流到海不复回
回不去的，不止黄河
还有两岸山水人家，埋入黄土的日子
仗剑天涯的诗人，烟雨楼前的美人
他们已然远逝，不停留的
依然是一河混浊流水，和岸上南飞的大雁

从南方之南，向北方以北
路过的地方，都是华夏之地
父亲的套马杆，在一杯老酒中消失
风过，芦花没有踪影
西北的姑娘，她们在黄河走廊中迟暮

时光剥开每个人的容颜，所有逝去的青春
和那些，将要逝去的美人
我只能在一轮月色中，阅读她们的心事
袒胸露乳的母亲，低头喂养生命
孙氏的庭院，乔家的古树
他们的子孙头发花白，雕楼护栏朱颜褪色

顺着黄河走，一条黄色的腰带
绕着山，绕住故乡
永不回头，也不停留
一路说着乡音，委婉的长调
乡愁，只是一湾起起伏伏的浪花
一次次地，拍打着河岸上的生活与远方

六

在黄河抵达的地方，一座城池
收留了远道而来的游子，一些说软语的人
记住了他的模样，黄河入海口
终于可以停下脚步，在大海身边栖息

东方白鹤，不言不语
它们记住自己是一只飞鸟，故乡在源头之上

想要飞越黄河口，可惜
我只是一只断翅的燕子，我所生活的世界
飞翔的，都被称呼为鸟人
我在低处，对生与死迷茫
浮华的世态，成为黑色的笑话
黄河知道，我和他一样曾有的焦虑心情

渐行渐远，所有的事物
被抛弃在黄河背后，不见踪迹
一衣带水的情感，在这里淋漓尽致
我那埋在黄河源头的祖先，早已融入大海
他们在东营，安居乐业
我多年后回来，便没有人再认识我了

秋天的故事

彝族土司的雕花木楼
朱颜改色
仓央嘉措的理塘草原
白鹤无踪

三百年的土桥
一样存留着，岁月苍茫的痕迹
桥上的风景，换了世间

一棵老树，伸出骨瘦如柴的手臂
企图抚摸纯蓝的天空，无奈
光叉叉的树枝，戳痛了路过的云朵

秋天，永不褪色的清颜
息息相关的生命
各自经历季节轮回的生死

叶落无声
当阳光，把霜雪融入大地
一切都在自然而然地凋零
甚至，仓促的人生

玛瑙泉

一眼泉水，从楚国而来
源源不断地流淌在古老的土地上
甘甜可口，滋养生生不息的日子
如玛瑙一样，晶莹剔透

玛瑙泉，从大山深处而来
从未停息过脚步，在古寿州
被淮南王做过豆腐，被孙叔敖磨过墨汁
是上天，赐予的甘露

许多年后，在八公山下
我与玛瑙泉相遇于暮秋，一口四方井
一座丰碑，一段时间的记忆
品味一方水土，洗去一路风尘

成都的雨

太升南路拐弯处
一条小小的街道上，灯光暗淡
路旁的树枝叶茂盛，遮盖了半条街
夜宵摊上，坐着几个年轻人
喝啤酒，撸串，谈情说爱
七月的雨劈头就来

我们停留在热闹的龙虾摊上
有几分姿色的老板娘
用流利的成都话招呼客人
帅哥，帅哥，今晚我们搞活动
买三斤送一斤，划得来哈

坐在雨棚下，雨水哗哗滴在路旁
几个老友，多年不见
在酒杯中调侃人生
繁华的成都，弥漫着朦胧之光
我们品尝着七月的雨
背后苍茫的夜色

贡嘎雪山

高高低低的山脉，依次相连
你白发苍苍，站立在群山万壑之上
雪豹，牦牛，苍鹰，牧歌
低低的屋檐，阿妈的转经筒
在你的脚下，一次次轮回转世

藏经文，提到你的过往
那个骑骏马的小伙子，带着卓玛刀
臂弯的羽毛箭，山一样的背影
向着广袤无垠的高原，嗒嗒奔跑
穿越草原后，抵达故乡

温暖的帐篷上空，炊烟袅袅
贡嘎雪山，低头是大地
河谷绕过古碉楼，金色的青稞麦透过阳光
远行人，即使丢失了故乡
一辈子也走不出，贡嘎雪山的思念

在北方天空下

有谁，在白雪皑皑的山头
挥动红色头巾
有谁，在冰封消息的夜晚
为我送上花朵

生命至此，也无所谓悲欢离合
活着，只为安好的暮春
在松花江畔，我用零下三十度的空气
清洗血液，甚至隐藏已久的眼泪

我可以在北方，尽情喝酒
然后，把眼泪落入河岸一泻千里
让冷暖的人生，来一场修行

在北方的天空下，南方的日子
丢在背影后，便成为远方
我想起在延吉写诗的阿炳，想起
写小说的丁铭春，我们分开多年
这个季节，他们是否安然无恙

在泸州

终于领悟了，多情的泸州
又一次品味了，老窖前世今生的因果
终于知道了，木棉花开在深秋的河岸
明白了，一些人一生都不能忘记

泸州多雨，山水浅浅
带着阳光来，带着细雨走
湿漉漉的情感，湿漉漉的眼睛
一切过往，都在酒杯中一一释然

在泸州，暂且放下所有的忙碌
用沱江水，温一壶茶
在深秋两岸，不必论古往今来
看烟雨蒙蒙的长江，流过中年人的眼眸

在泸州，除了酒与诗
没有远方
在泸州，日子过得惬意自在
雪哥说，在这里
世间一切浮华名利，都是轻浮的

第三辑

咏物

བསྔགས་བརྗོད།

影　子

忽明忽暗的苍穹，像个忧伤的小女子
她飘忽不定，一会儿在云端
一会儿在草地，像一只孤独的鸟
或歌唱，或自恋
她羽毛褪色，甚至单薄了许多

忽冷忽热的季节，像个快乐的小女子
她的影子，像鳗鱼一样
游离在我的梦里，我遭受的苦难
总是被她当作笑话
我想做一个亡命天涯的人，怎奈
她附于肌肤，形影不离

一直以来，隔窗有人
偷窥着我的余生，让夜不能寐
我已经无暇顾及，太多的人生态度
他的悲，他的喜
他的过去，他的将来
都在时间的洗礼下，一一清屏

大地，生长的灵魂
或高于头颅，或矮于脚跟
高贵的，卑贱的都将老去
这个世界，没有孤独一生的守候
圣经里的宽恕，留给了影子

一棵老茶树

许多年了，那潭清泉还在流淌
洗净尘世浮华
温婉的日子，没有苍凉与悲壮
一棵老茶树，在祖先留下的地方守望
枝叶，延伸云端之上
根，深深融入温暖的故土之下
一生，未曾因风雨而低头
一世，未曾因苦难而离开

冬天走了，秋天来了
雪花，飘荡在碧潭之上
淡淡的茉莉香，在舌尖上融化
暖心，美颜
养胃，明目
滋润了肌肤，抚慰了长夜的寂寞

巴蜀天府，广袤无垠的大地
怎能没有茶韵
深情的泥土，生长着智慧的徐公
怎能没有茶香
此后，禅茶一味的人有福气了

天籁白乌

第一次听说你的名字，第一次回来
天空不蓝，雨纷飞
我裸露的头顶，接受大山深情的礼遇

在这里，不需要屈膝弯腰
抬头是大山的额头，低头是泥土的清香
一条河，从这里流到故乡的口岸

那些从泥土中，喷涌而出的流水
是泪，是汗
是祖先留下的日子，是生命的源泉
没有人，抱怨生活
没有人，因此而浪迹天涯

白乌，因为爱
从今以后，这里将与我们息息相关
那木头板房，有人思念
在低矮田野上，弯腰劳作的母亲
在崇山峻岭，奔跑的兄弟
在寂静的夜里，一定会唱起一首老歌

冬天来了

冬天来了，萧条的大地
清冷起来
一轮浅浅的弯月，挂在无叶的枝头
我和你，又一次面对寒冷的季节
和一季冰凉的夜色

砍柴，煮茶
在古老的火塘旁，用漆黑的铜壶烧水
当火焰，穿透单薄的身体
我们平静的生活，依然如昨天的时光
不悲不喜

世界之外，变幻莫测的风景
已融不进我们的肌肤，把混沌的声音
关在门外
将无处安放的思念，深陷泥土

蜷缩在冬夜，不必为谁而远行
我们的人生，不过是一次次冬天的轮回
你的北方，我的南方
所有雪花都是过客
只为一次的遇见，却等待了一生

孤　独

又是一个秋天走了，空旷的地方
多了一份冷寂
当寒风，吹过河谷之上的日子
最后的叶子，皈依泥土

一轮岁月，被一艘渡船搁浅河滩
蒹葭，匍匐于大地
没有直立的身体，支撑将息时光
白发模样，像故去的母亲

雪花回来了，后院池塘更显清冷
荷叶，蜷缩泥土上
父亲用一把锁，锁住了乡愁
紧闭的大门，关上了一生所有的虚无

没有谁，记住昨天的故事
千年不变的尼日河，在脚下依旧流淌
青瓦房散了骨架，炊烟终老南山
一树红橘，挂满故乡的枝头

今夜，皓月当空
南方窗外的夜色，竟如此安静

青杠村

我出生的土地，还在那块儿停留
只是，多年后
天空飞过的鸟儿，早已轮回几世
许多熟悉的人，不见踪迹
就连青杠村的地名，都替换了代码

村里的老水井，多了一块青石板井盖
甘甜的泉水，还是当年的味道
井边上，换了人家
我独自回来，寻找童年的足迹
寂静的村落，人烟稀少

一年年后，父母归于尘土
这里的一草一木，都是熟悉的味道
我的根脉，种植在这里
血液里，还有一方水土的习性
和丢不掉的乡音
有人说，父辈的异乡
就是我们的故乡，是的
我们就如漂泊的浮萍，在这里深情活着
一山一水，一生一世的挂念
我们都是青杠村，未曾走远的孩子

春天，走了一半

天空之外，一切事物都在发生
包括，绚丽多彩的阳光
在十里桃花开的地方，晃出三月的眼泪
风儿摇曳着岁月，从欢悦的树枝间穿过
落下的日子被丢在背后
春天掩盖所有的情绪，灵魂拷问人心

走了一半的春天，让人有些猝不及防
就如时光，在花开花谢间
悄然无声地远去，再回首时一切惘然

活着的地方，早已适应了血液循环
空气里，有橘子花的味道
不必在意落花无情，生命依然诗意自在
有人为生计，忙于奔波劳碌
有人为余生，坚强地活着
有人爱着一座城池，不惜翻越千万里

今夜，窗外飘落无声的雨
我以暮春的时光，绕过一些繁华大道
天明以后，不为往事忧

雨后江南

有人告诉我，江南下雨了
细细的雨
打湿了鉴湖岸上的石头
藏在棕榈树上的蝉，翅膀沾染上露水
那个人，临窗而立
在一场雨中，想起山外的故人

一别后，江南的山水留给了远方
风，偶尔乱了方向
以至于，让会稽山上的云朵
追不上时光的背影，在拥挤的地方活着
不回头，但我依然记得
在乌篷船上，眼睛里流出的情感

江南水乡，谢家门台的河埠口
放过的纸船，沉入河底
你的桃花，在鲁迅家后院卅放
我的岁月，在尼日河岸上自由飞翔
各自安好的流年，彼此沉默多年
无须多言，让额头上的记忆重新回来

雨后的江南，存有一份久远的乡愁
嗒嗒的马蹄声，消失不见
你说，秋后的相邀已经放飞
那一排排，正穿过芦苇荡的大雁
飞向南方
立秋后，所有山水瘦成一道闪电

秋之韵

一场秋雨后，大地万物
悄无声息地改变着模样
满山坡的草木，一串串的紫色野花
俯首帖耳着大地
等待寒风吹来，归于生命的寂寞

阳光出来了，层染秋林
蚕丝般的云雾，缠绕在高处的山顶上
该红的叶，红了
该黄的草，黄了
该枯萎的花朵，零落成泥了

当霜雪，又一次覆盖了大地
清冷的日子，在秋凉的夜晚尤显漫长
有人，沉迷在唐诗宋词里
有人，醉酒当歌夜不成寐
有人，以梦为马浪迹天涯

秋天，最会抚慰一度低落的情绪
给一片月色，洗净铅华
秋天，最会明白人心所向的地方

给一片暖阳，染上五彩斑斓的色彩
让归途，如诗如画

不论如何张扬的人生，或者
灿烂的岁月
不论如何悲苦的日子，甚至
缠绕内心的烦恼
都将在秋色的清颜中，一一归于平静

四　月

花朵都在竞相开放，此时
阳光与春风一道，吹醒冰冷的大地
万物复苏，大自然最美的一出舞剧
为四月，展现出极致的美

有人躲在家里，把时间消磨殆尽
有人埋头工作，忘记春天的约定
有人翻越万山，只为赴一次生命的约
有人褪去一身傲气，只为余生而活

一年年后，我们不再年轻如火
时光，如一溪流水
不经意间，带走了所有的故事
内心，如此风平浪静

人间四月，你有你的故乡
人间四月，你有你的旅程
人间四月，你有你的方向
人间四月，我们活得如此坦坦荡荡

野棉花

从石头缝里，探出头了
顺着秋天的方向，蔓延至最远的地方
纤细的野棉花，在野地里
开出洁白的花朵

没有繁华与喧嚣，不卑不亢地生长着
短暂的一生，只有一个冷寂的季节
在寂寞处，花开无声
在秋风里，自生自灭

野棉花，没有好高骛远的梦想
守住故乡，不离不弃
天空的云朵，脚下的土地
如此美好

浮　萍

六月之初，邛海黄昏
风平浪静
寂静的海岸上，人烟稀少
鸥鹭，回到树林草丛中栖息
岸上灯火，倒映出五彩的画面

栈道边，浅水湾的边缘上
覆盖着一大片绿色的浮萍，在夜色下
轻轻躺在水上
圆圆的叶面上，沾满水珠
当水波荡过，它就轻轻颤抖着
纤巧的身体

就这样生长着，卑微的生命没有远方
一生，不会开花结果
也不会有风花雪月的际遇
在　海之间，连接着岸与海的距离
给孤独的夜行人，不经意间的慰藉

痕　迹

今晚夜空，有皎洁的月亮
你的屋檐再高，也高不过月亮的额头
举头，我徒劳地仰望
在山头之外，想象着故乡的原野

风，悄然路过婆娑树林
偶然，也有叶子落下
时光，在每个人的血液里奔跑
有人沉默不语，有人在等待天明

月亮，裸露出乳白色的光芒
在中年人的目光里，早已褪色
一棵老树，站立的地方
多了一座荒废的庭院，五月以后
母亲的田地，无人打理

回头的地方，没有过往烟云的痕迹
与母亲欢悦的日子，就此别过
牛羊还在，锄头还在
洗衣的河沟还在，燃烧的火塘还在
当山坡上的杜鹃花开了，童年的记忆
与母亲一道归去

红　叶

秋色，染红你的暮年
却依旧为你昂首，那一坡醉人的色彩
在清晨，唤醒山野的寂寞
一树一叶，一花一草
在大山深处，不卑不亢地轮回生命

叶的余生，在风中沉沦
你和我的日子，渐行渐远于尘世沧桑
一轮岁月的守望，就此打住
回眸，一滴泪挂在晚秋
生命至此，没有必要为谁停下脚步

厚重的泥土，托起最后的红颜
火焰般的红，掩盖不了悲伤的离别
沦陷于爱情后，独立枝头
你转身后的模样
是我眼里的 叶菩提

偌大的世界，没有谁
赠予我一叶深情，我空空如也的行囊
装着半世流离，母亲给予的皮肤
淌满泥土悲欢的故事，等待有一天
与红叶一样，融入大地

晚秋，最后的留念
洒落在漫山遍野中，红色的叶尖写满思念
而我只能在这里，低头于空荡荡的黑夜
立冬后，南方的温度
能否冻伤北方的思念

秋天的河畔

隔着玻璃，向窗外一望
看不见公路，悬崖下大渡河混浊的河水
在九月，无声无息

有些白色的漂浮物，顺着峭壁流淌
几只白鹭，停息石头上
一条锈迹斑斑的铁船，搁浅河岸

尽量让身体平稳，不敢多言
只怕车身摇晃，我的心会破壁而出
坠入秋天的河流

春　雪

春雪，在南方早已看不见了
昨天夜里，北方朋友发视频告诉我
他家屋外，飘起了春雪
仿佛，是一大片洁白的梨花
在春风里，纷纷扬扬飘落

春雪，错过了寒冬
在二月里，姗姗来迟
她是一个温文尔雅，写诗画画的女子
待字闺中，等待春暖花开
与春花一道，绽放生命的力量

后院的树木，已经发芽
碣石山下的村落，花开无声
春雪，轻轻滑过外婆家的葡萄园
与父亲一道，坐在院子里
开一瓶陈年老酒，在细小的雪花下对饮

稻草人

空旷的原野，一条路穿过去就是山外
村落，被远远地落在山脚下
透过树叶，能看见稀稀拉拉的人家
低矮的瓦房，没有炊烟袅袅

在四月温暖的季节里，到处青山掩映
人烟稀少，太阳赶走了最后一个守田人
雀鸟，躲在树枝上
面对金色的麦穗，日夜等待
那是养活自己，养活孩子的粮仓
为此，它们不曾远离

田野深处，几个稻草人
背着十字架，穿着破旧的外衣
头顶草帽，仿佛一个老人
守望着自己的庄稼，天空飞过的鸟儿们
一次次掠过，却又不敢靠近

黄昏过后，稻草人保持着一种姿势
一阵风过，吹落了草帽
只剩下光秃秃的头颅，在风中颤抖
那些雀鸟们，栖息在枝头
和稻草人一样，卑微地活过短暂的一生

双彩虹

归家路上，晚风习习
雨后的远山上空，两道彩虹
穿过云层而来，在万山沟壑间
搭起一道桥

村落的祥和，在这里展现得淋漓尽致
道旁樱桃满枝
这个叫罗马村的地方，山清水秀
住着世居彝人，勤劳耕作生活

在一棵古桑树下，隔河相望
两道弯弯的彩虹，飞跃成美丽的神话
那颜色，就如百褶裙上
阿妈一针一线，绣上的花朵

浮　尘

这个季节，避开浮尘
去清溪的河埠头，去开花的河谷
褪去一身繁忙，在鸟语花香中自由歌唱

你不在，没关系的
我知道，你在远方看着我
笑眯眯的眼睛，如一弯月亮

头顶的天空，仿佛是一片蓝色的海洋
蚕丝般的云朵，隐蔽在深处
你的背后，花开见佛

浮尘如烟，岁月静好
没有什么可以烦恼了，在暮春的清颜中
你的臂弯，是寂寞的余生

听，风吹口哨的声音

四月正好，不需要太多的阳光
雨露，避开黑夜
在清晨醒来，弯曲的种子挺直了腰
眷恋春天的蜜蜂，远去河谷
一树橘子花，香味四溢

春风，掠过后山坡的枝头
花瓣雨，便纷纷飘落
深情厚谊的大地，敞开温暖的胸怀
收留了落花，成为它最后的归宿
没有谁可以阻止，万物复苏的日子

听，风在窗外吹着口哨的声音
仿佛是父亲，远去的笛声
又好像，初恋时
那个男孩，深情的告别
而夜空中，正挂着不肯落下的弯月

暴风雨

突然来的风雨，吹乱了黄昏的沉静
路上，窄窄的裙裾
在慌张的脚步中，短了几分

落叶，被风强行带走
来不及等待秋天，便归根于初夏
就如一些生命，过早地零落

暴风雨，铺天盖地而来
窗外的香樟树，噼里啪啦折断了树枝
不远的尼日河，丰满了腰身

倾听泥土的声音

也是深秋
我们的时光，如流水般消失不见
你说，许多事
来不及细细品味，许多人
来不及朝夕相处，转眼就是一生

当另一个季节，如期而至
枫叶，坠落风尘
窗外的风景，依旧包容着冰冷的天空
一些人，远走他乡
一些人，杳无音信

余生如此，继续在山水间消磨吧
看日出东方，送暮色西下
不再留恋，浮华烟云
不再计较，生命得失
不再夜不成寐，空叹将息年华

如诗季节
请放下所有的繁忙，行走于自然间
看野花遍地，瓜果满枝
倾听泥土的声音
做一个不被世俗所累的人

秋　分

就如一个人，走完了半生
接下来的岁月，才是人生的圆满
叶子在树枝上等待，只等一场风雨后
该黄的黄，该落的便归根了

一年的秋，连空气都是温婉的
火热的阳光，褪去了热情的光芒
秋高气爽，秋色宜人
秋雨连绵，秋风瑟瑟
总是让人心情愉悦，又多一些惆怅

江南的秋，被油纸伞撑起一段时光
烟雨行舟的河埠口，岁月静好
有些人，守住一个江南就是一生
如乌篷船，守住了一条河的宿命
在这里，不只是活着
在这里，不只是等待

秋分，叶落无声
褐色的泥土，被雨水打湿额头
没有谁，在意流泪的云朵

当大雁鸣叫着，划过芦苇荡
白发苍苍的河滩上，偶有故人从心上过
回首山河，已是深秋

冬　雷

昨天，一场冬雨与阳光交替
当一声冬雷震撼人心，邻居老人说
这是前所未有的声音

为此，我想起爱情
那些山盟海誓，天长地久的约定
是否，在一场冬雷中沦陷

那句千古流传的誓言，冬雷震震
夏雨雪，乃敢与君绝
在这个冬天，是不是一场真实的童话

老人说，冬天打雷黄土堆
春天打雷谷堆堆
低头祈福，愿世界安好

夏　至

没有热烈的太阳，天空
阴暗不堪
一层层灰色的薄雾，低低压在尼日河畔
河水，映不出别样景致
滩涂上的芦苇
与夏日一道，拉长了河岸的背影

一座小城，靠山水之间停留
没有拥挤的人流，没有太多的故事
来的人，走了
走的人，回不来了
一轮轮的季节，未曾改变水土的模样

夏至，依旧如初
把悲喜交加的往事，摁进泥土
就如，我的父亲
挖地三尺后，把风雨沧桑的一生
埋葬在暮春
那个接近夏天的午后

多雨的八月

多雨的八月，打湿了山河两岸
你的北方，雨打芭蕉
我的南方，雨漫河湾

大山的背脊上，到处都是沧桑痕迹
垮塌的草木，被卷入河底
道路交通阻断，大地一片黯然失色

八月多雨，打湿了我栖息的地方
后山走廊公园，金银花凋谢
绿色落叶，铺满小道

我出生的地方，一条小水沟
翻越了大桥，冲刷了童年的记忆
老人说，雨多了就会泛滥成灾

一路上有你

风，剥去了树的外衣
丰满的模样，便成为昨天的记忆
当落叶，风干成土
只留下光秃的枝头，脉络分明

一束光，穿透黑夜
树干上的纹理，有些杂乱而粗糙
仿佛，一个妩媚女子
到了暮春，在众目睽睽之下的谢幕

路旁，那棵开花的树
陪伴我多少年，这些年匆匆溜走的时光
忙碌的日子，尽收眼底
而我却从没有，为它停留片刻

低头的修行

走过的大道后，一棵疲于奔命的老树
被岁月遗忘于世外
风过，雨来
萧瑟而零落的季节，注定的宿命
在泥土中，由此及彼

黑夜交替着黑夜，日子
在左手右手中，反复洗刷
不刻意去回避，迎面而来的冷漠
千百年来的世态，都会一样延续着炎凉
当灯火昏暗后，一切安好

一辈子，解不开的恩怨
将它寄放云端，行走在浮华一生的路旁
做一个虔诚的朝圣者
不需要，玉树临风的姿势
也无须人多的夙愿，生命只有一次
低头的修行

第四辑

思 绪

བསམ་གྲོགས།

宽　恕

想了很久，还是要宽恕一些事物
冬天，吹来的寒冷
夏天，炙热的太阳
还有从睡梦中，悄悄溜走的光阴

宽恕别人的眼睛，滔滔不绝的口水
餐桌上，留下的米粒
宽恕年轻时，曾被偷走的爱情
和青春的背叛

宽恕血液里，流淌着的庸俗的杂质
狭隘的，左右自我的灵魂
不须上天怜惜
我宽恕了整个世界，也忘记悲伤

尽　头

生命，承载多少厚望
在岁月的尽头
被时间反复清洗后，消散成土

一条路的方向
会不会是梦延伸的地方，山高水长
或风轻云淡

当我们开始幡然醒悟后，眼睛里
已装不下太多的悲伤
把一切过往，留给背后清冷的落日

偶遇一段旅途
不必在意，迟来的晚风吹动衣衫
一样可以相约远方

不要说酒杯太浅，敬不到来日方长
不要说巷子太短，走不到白发苍苍
绕开世间的纷繁
举手投足间，挡住所有的匆忙
岁月荒了人心
终荒不过寂寞的清秋

卑 微

怜惜过，在地下生活的蚂蚁
和一条白色的流浪狗
怜惜过，在田野劳作的母亲
和长年累月，在垃圾房外守候的老人
眼睛经常碰触的，这些卑微的事物
最后，成为酸涩的眼泪

在拥挤的人群里，我是卑微的
没有人，知道我的名字
我低下身，和蚂蚁一样爬行于冷暖世道
不必抬头挺胸，森林一样的高楼
阻挡了，天空之外的故乡
洁白的云朵，早已隐藏于雾霾之上

在北方，南方是卑微的
甚至它的春夏秋冬，走过的万水千山
在偌大的城市里，故乡是卑微的
甚至母亲的草原，父亲的河流
当我写下诗句，远方是卑微的
他读不到我的世界，看不见我的悲欢

卑微是一种活着的姿势，如蝼蚁
未曾高瞻远瞩
卑微是一种坚守，如流浪狗一样
未曾离开过熟悉的地方
卑微是母亲的信仰，到今天
我才知道，那是一种谦卑的生活态度

回　头

拥挤的地方，依旧人满为患
城市的空间里
到处飘着嘈杂与浮躁

贫穷的，富贵的
高傲的，卑微的行路人
怀揣不一样的梦想，和不同的人生格局
在天空下，抬着头颅
他们的背后，都是一堵坚硬的墙体

无须回头
每个人，都在自己的宿命里奔跑
快乐也好，悲哀也好
都不会改变，命运给予的一切因果

一条路，走着走着就到了尽头
一些人，看着看着就老了
一些事情，慢慢就变成了记忆

就如我的母亲
在初秋，走进了一片黑色的森林里
从此，杳无音信

北国之秋

突然想起你，就想起秋色下的北国
拥挤的人，把秋挤出了城市外
一条路，通往你家门口

冰冷的空气，有北方特有的味道
你在命运定格的地方，心安理得地活着
走不远，也不想走的路
留给了身后的暮色，计划好的人生
没有谁，会让你改变方向

秋色横空，北方遥远
你消瘦的影子，被时光拉长了许多
生命至此，繁华落尽
不再关心太多的世事，粮食与面包
疾病与痛苦，都无所谓了

秋天回来了，一些人已经远去
褪去新一轮岁月，放下过不去的坎坷
如果可以，在每一个清晨出发
去湖边，小坐一会儿
让干净的霞光，洗去你内心的苍茫

有诗人的草原

草原上，与风一起奔跑的星星
把背后的帐篷，远远丢下
一望无际的大地，偶尔有风走过
只有一双黑色的眼睛，充满寂寞与忧伤
他不说话，想起了远方

五月以后，枯萎的草重新活过来
所有憔悴的脸，露出春色
他经常在家门口等待，唱着牧歌路过的扎西
赶着牛羊，追着黎明而去
他在年轻的背影里，写上一首草原的诗

闲置了半个世纪的诗人，终于醒来
他把名字，写在石头上
让马客带走，远远地带到桑科草原深处
那里有空旷的天空，圣洁的白塔上
经幡飞扬，玛尼堆上的石头已经风化成沙

有诗人的草原，荒芜也是一种诗意境界
纵然风雪漫目，即使时光飞逝
我知道，那个人在血液里种植风霜
夜夜驶过冰凉的心脏，和他疲惫的中年

禁　忌

不说的事太多，一些口舌
长满了刺
让肌肤伤痕累累

乌鸦不说猪黑
黑夜不说寂寞
不说青春太快，转眼即逝的爱情
化作流水

你的故事，他的悲欢
天空不说
大地不说
在世界之外，没有人说出来

最后，都沉入泥土之下

说自己

喝过的酒，早已干枯于喉咙
曾给无望的爱情，种植的玫瑰
于暮春，凋零风中

谁，给予我尊严
让我试图，救赎落魄的灵魂
我却在阳光下，还给了高高的上天

他说过，活一天得一天
这个充满悲情年代，到处是诱惑与陷阱
不要把余生，投入长夜

说自己，一个两手空空的女人
还在仰望天空，企图攀比树枝的高度
最后还得低头，认真活着

梦　里

梦里，有时太累
被生活的无奈追逐着，无处可逃
到处都是，灰色的陷阱
都是万丈深渊与悬崖，却总会化险为夷
平安地，躲过一劫

梦里，没有名利相伴的苦恼
没有虚构的故事，爱情是真实的
不担心柴米油盐，不关心世界的格局
可以欢笑，可以痛哭流涕
甚至可以把自己，当成世间最大的王

梦里，无所谓对错
你偶然出现，他偶然出现
一些不相关的人，总会挤进梦里
连故去多年的亲人，也会真实地活着
醒来后，一切都被遗忘

我在这里

你已经忘记了许多人
也会忘了我，不说余生安好
你的春天，在你的地方
开花结果，我的秋天，已经落叶归根

那些路上的邂逅，熟悉的背影
淡忘于江湖
云朵都在老去，此外的快乐与悲伤
我也逃离

信　仰

他长途跋涉，为生活奔波
在海洋里，和风浪一起打捞日子
他经营着小酒吧
早已看淡了，醉生梦死的人心
他去转山的路上，只为来生安好

山，有天空的信仰
河，有海洋的信仰
石头深陷于泥土，与大地相濡以沫的信仰
砖瓦匠，有家的信仰
写诗的人，有执剑天涯的信仰

一年年后，我们的信仰
在坚硬的手指尖，消磨成一道陈旧记忆
当一些故事，被岁月洗礼后
归于尘土

活到这个日子

此时，我和你都还年轻
多么幸运啊，每一天的阳光
洒满额头，我们心安理得地享受生命的恩赐
看清晨日出，送夕阳西下
任晨钟暮鼓，在白鹤翅膀下停息

寂静的村落，温暖的黑夜
有人把念想蜷缩在梦里，不愿醒来
生命里悲哀的事情
丢给苦难过后的春天，花朵谢了
我们还有泥土，延续着树根不屈的生命

充满爱的日子，没有春花秋月的烂漫
你在长江尾，我在长江头
我们同饮一江水，努力活出滋润的日子
见与不见，我们都在山水之间
把生命的脚步，延伸到遥远的地方

春天后，会不会有劫后余生的感觉
有些人走了，有些人活过来
我们慢条斯理地活着，等待生命的际遇

不悲，不喜
不苦，不忧
你的眼眸，依然还有明亮的光芒

明天早上九点半，我去尼日河岸
顺着流水，追赶远方
渐行渐远的母亲，早已消失在云端之上
这个日子，我不想她
我想约父亲一样的男人，彻夜不眠地喝酒

取　暖

我用很多方式取暖
冰冷的身体，有时如冰块一样
许久，都未曾温暖过

我摘下太阳，用枫叶点燃
把心，掏出来烤火
无奈太多的寒意，浇灭了火焰

我在自己的世界里，打理日子
无论时光，如何萧瑟寒冷
我将慢慢拾掇，暮色苍茫的华年
然后，打磨成火焰的模样

赐　予

遇见你，把你捧在手心里
高高地举过头顶，向着天空膜拜
你是佛，赐予我快乐
生命因为有你，我为此感恩每一个日子

你是我的风水，我心安理得地活着
幸福，不是遥远的距离
你是我，搁放三生三世的枕上书
读不完的春秋，写不完的诗篇

因为有你，我从不伪装自己
我在你的世界里，敞开心扉
善待生命，爱着每一个相遇的人

我们逐渐地老去，就这样走下去多好
一直走到暮年，等到白发苍苍
还在这个世道活着，我们不需要脱胎换骨
你赠予我的，足以让我感念一生

八月，短诗八首

八　月

一朵朵灰色的云，向北逃逸
雨水，堆积许久的情感
在黄昏爆发

来不及枯萎的叶子，坠落屋檐下
几只鸭子，湿了羽毛
在一棵香樟树下，缩紧了脖子

雨水和黑夜一道
一瞬间，便覆盖了一个城市的天空
大山里的河沟，涨满了洪水

埋　怨

水塘边，与寂寞对话
我赞美自己
不曾为一些事情，而违背过上天

我也埋怨上天
为何不给我一双翅膀
让我可以自由地飞越天空

不与尘埃擦肩
不与卑劣之人相见
伸出手，我就可以触摸到温暖的太阳

中元节

走了的人，多年后归于沉寂
我们在中元节的夜晚
点燃香烛纸钱
虔诚地叩头，为地下的亲人
送上美食美酒和冥钞

尚还年轻的姐姐
嘱咐侄儿
将来一天，我们不在人世了
你要记得
以这样的方式来怀念我们

我心头一颤抖
突然明白了一件事情
一年年后
我们都在走向暮年
最后和蚂蚁一起，居住在泥土之下

水　分

诗人，大多脑子多了半斤水
让文字，水分十足
时常眼睛湿润的人，大多都是读诗人

当诗人，成了一种流行
就如雨季泛滥
湿了自己，也湿了路人的鞋

礼　物

年过半百后，无人再送礼物了
即使我的孩子
偶尔收到一句祝福而已

其实，我也没有想过
在这个岁月里，谁还会赠我一份礼物
那不过是，一句玩笑罢了

侄女，送给奶奶生日礼物
两个白发老人，相依坐一起
至今，还放在寂静的墓前

死　亡

每一天，面对的生与死
我们都习以为常了
不再大悲或大喜
人生，不过是一场相遇和离别

生，是回来
死，是归去
都是一道门，一个迎面而来
一个背道而去

而死亡，是彻底地脱离世间
太多的爱恨，或遗憾
留给冷暖世道

人　心

一个人，只用一句话
就会改变别人的命运
一颗心，不要装下忧郁和苦难

狭隘的胸腔里，如果长时间
堆积太多的欲望
最终，会衰竭而亡

蝉的结局

深秋未来，大地还未苍老
有树的地方，都有蝉深情的守望
一棵树，便是蝉的一生一世

蝉，和我们一样
一辈子只活一次，拼命歌唱生命后
归于尘土

夜

那个人，在低头写字
山上的桃叶，落在他的院子里
清秋夜色，一抹云彩掩盖弯月的柔情
蛐蛐儿，高高低低歌唱着
这个母亲生长的贫瘠之地，我生活的小城

弯弯曲曲的路口，背着十字架的街道
一些孤独灵魂，游荡着
我看不清他们的容颜，模糊在眼睛里
却又仿佛是，母亲渐远的背影
让那些沉重的记忆，逐渐苏醒于某个黄昏

湿漉漉的空气，有桂花的芬芳
那熟悉的味道，一次次地扑在额头上
一个人，习惯了这样的日子
把一生的命运，寄放在大山里
任青春，如流水而去

今夜，在这里
抛开世俗烦扰，解开自己
把想说的话，推出窗外
让寂寞与远去的记忆，一道沦落风尘
你如此遥远

转　身

终于，她闭上了眼睛
关上今生的大门，丢下身边的人
远行天堂

她听不见了，和她骨肉相连的儿女
在那一刻，骨头断裂的声音
掩盖嘶哑的呼喊

空荡荡的黑夜，她独坐在悲伤之外
冰冷的心，和身体一样僵硬
不再说话了，世界如此安静

相濡以沫的爱人来了，他蹒跚的脚步
更加苍老而悲凉，他站立一会儿后
用最后的注目礼，道别今生

转身后，我看见他的手背
擦过眼睛，一滴清泪挂在眼角
我的心，一阵疼痛

清明祭

窗外，烟雨笼罩着大地
祭奠故人的日子，总是湿漉漉的
山河沉静，所有沉睡于泥土之下的人
在四月，重新活过来

梨花谢了，柳树轻舞
春光明媚的地方，总有人在等我
母亲的后院，荒草遁入空门
一株蒲公英，开在路旁
没有断魂的行人，我们还活在春天里

一杯酒，倒入黄土
一束白菊花，打开记忆犹新的往事
雨纷纷，掩盖了眼泪
万物生命，总是被替代着
没有人，能超越上天给予的距离

高贵或卑贱的人，在天空之下低头
向逝去的灵魂，虔诚膜拜
清明节，给我们一次悔过自新的机会
没有尘世烦扰和杂念
在龙椅山，陪父母喝一杯故乡的老酒

私　奔

夏天太热，最好等到七夕的时候
银河安静
所有花朵都在开放，夜晚繁星点点
你要在嘉陵江畔等我

等我攀上马鞍山顶
剪下一片云朵，缝制一件精美的百褶裙
并且，绣上鲜艳的花朵
还有你的青春，我十八岁的年华

如果可以，你向对岸游过来吧
彼岸花，开出明媚的日子
陈规世俗的问题，早已深藏河底
适合相遇的季节，不要错过
适合私奔的时间，不要错过

你看，大地都在仰慕蓝天
清风追逐明月，相守一生的尼日河畔
清风自来，那里有母亲的家园
有前世的菩提，今世的莲花

远　方

鸢尾花，开在路旁
蓝色的天空下，少了往日喧嚣
一滴水，在浪花里翻滚
我闻到乡土气息，与海水混合的芬芳
在二月寂寞里，轻轻流淌

远方，一弯月亮
挂在碣石山上，一抹浅浅云彩
蹚过屋檐，沧海难为水的往事
在父亲的目光里，酿成了陈年老酒
醉了的，不只是一个人的山水

你的故乡，春暖花开
麦子，站立在原野上数着日子
不必烦忧，在母亲的土地上
颔首低眉地活着，暂且放下所有的梦想
青春过后，便是暮年

尖利的哨声，早已消失在时光河流
归途，没有人为你开窗等待
那就用手指，敲打黑夜里的寂寞
打开内心深处的诗篇
在曙光中，读给自己

他的生日

八月的桂花，在秋风中敞开怀抱
你一天天走过来，到二十四岁的年轮
不需要理由，在你我之间
今生今世，早已经注定的血缘关系
将永世不变

你从一棵树苗
长成参天大树，你高大的背影
掩盖了母亲的岁月，你枝叶茂盛
梦想，都在路上
你的身后，一直有一双眼睛关注着你

来人世间，也许只是一种偶然
所有的悲苦，都要承受
甚至，暴风雨与寒冷的夜晚
甚至，生离死别
都会在里程碑中，一一而来

前方，等待你的路有很多
一步步走下去吧，无须犹豫不定

明天的太阳，温暖人心
丢弃贪婪，懒惰，颓废的情绪
让善良，包容，快乐植于心底
学会如何低头与抬头

你很幸运，活在这个美好的时代
到处阳光明媚，风调雨顺
你无忧的青春，花开四季
愿你放眼世界，做一个心胸开阔的人
愿你走入大自然，放飞心情
愿你读书写字，热爱生活

时逢中秋，你的生日
为你留下祝福的文字，虽然我们相隔遥远
在我心里，你是一生的牵挂
无论多久，无论何时
儿子，没有什么要说的话
除了，对你无声的爱

失　眠

此刻，一场冬雨
浇醒了沉睡的冬天，冰凉的
彻骨的雨
让血液流淌的声音，萦绕耳畔

我清醒的思绪东奔西走
过去的，现在的
明天的，或者悲喜交加的故事
在我的眼前晃来晃去

我想到一些人，有些难过
翻来覆去的姿势，犹如流水一样的心情
我紧闭着眼睛
沉默不语

今夜，仿佛从来没有如此安静过
多希望，有一个声音
让我觉得
在这个夜里，自己并不孤单

悼袁隆平先生

田野沉寂，稻谷低头
田间里劳作的母亲，泪流满面
一个悲痛的消息，从湘江大地传来
水稻之父走了
去了遥远的天国，不再回来

你将一粒稻谷，注上一生的心血
先生，愿你重新活一次
在稻花飘香的地方，遇见你的青春

不再辛苦，不再忙碌
好好爱着，享受生命给予的快乐
你站在世界东方，唤醒黎明
你让饥饿远离，拯救天下苍生

五月的云朵，带着你远去
今生使命已完，没有遗憾的人生
你如此坦荡
从此，世间再无先生

山中人

大山里有你的家，也有我的故乡
在溪流边，洼地处
在山风自由，密不透风的森林外
在金沙江岸边，大峡谷深处
许多小路，被时光踩出深深浅浅的痕迹

杂乱野草，覆盖着黄土
你的祖先，我的亲人
他们活在山中，他们归于大山

山中有水，水中有桥
炊烟袅袅升起，阳光穿过寂静的原野
有人走来，一抹夕阳
拉长了背影，好像一根风中的芦苇

山中人，活在世俗外
把冷暖世态一一屏蔽，与大山相依
朝朝暮暮至白首，多年后
我踏月而来，只因你在山中

怀念洪烛

洪烛先生，前天黄昏走了
昨晚，攀枝花朋友涧樵告诉了我
早上醒来，朋友圈都在刷屏
以不同的方式，悼念英年早逝的诗人

我问花语，她说洪烛真的走了
我问简单，他说彼此要保重身体
生命本脆弱，好好活着

另外一个诗人，半夜三更喝醉了酒
他打电话说，洪烛转世了
他倒是解脱了，可我伤心啊
那夜，我通宵未眠

遇见你

人生舞台，许多与我们有关的表演
都一一谢幕
不必挥手告别，曲终人散后
请各自回归最初的寂寞，关上世界之窗
继续，陪时间喝茶

来的人，走了
走的人，远了
遇见谁是谁，都是注定的宿命
不必抱怨夜长梦多，在这个温暖的季节
如花儿一样，绽放生命

回首往事，曾跟随流年的脚步
穿越沙漠，洼地峡谷
翻过雪山，河谷草原
看过繁华大道，也曾举杯三千
一路上的悲欢聚散，都被时间遗忘

不敢说，看过千帆过尽
不敢说，阅尽世态苍凉
我们内心，有丰富多彩的文字
在离太阳近的地方，阳光明媚地活着

遇见是你，遇见是他
阳光午后，我们相约三月的湖畔
把一切烦恼，抛在背后
采一缕阳光，和茉莉花一起放入杯中
清洗眼里的尘埃

匆忙的遇见

山矮了，树也低了许多
你沉默不语，时光那么无情
让黑色的目光里，沾染太多的尘埃
一点点，挤出青春

心，所剩的空间
或许，只有那么点记忆而已
不能太多，不能太少
否则，我拿什么来打发暮年的时光

青春的背影，被一抹夕阳倾斜
风吹过，脸颊上
留下的痕迹，你说是咸咸的眼泪
沟壑纵横的人生，落幕后
只有一朵云，可以寄放最后的命运

弯曲的，不只是归家的路
思念的轨迹，看不见最初的起点
浮华一生，烟雨红尘
谁在你走过的路上，和你相逢
草木，已经轮回三生
久违的你，是否在春色中回来

走过的地方，爱过的人
风雨过后，一切皆为陌路
不说话，不论春秋
在芦苇荡旁，感慨生命的匆忙
花落无声，枯叶无冢
让我们就此别过吧，一道匆忙的遇见

他的故事

都淡了，曾经的爱恨情仇
甚至和母亲相伴的时光
一年年，故乡的风景
更换了主人，流落异乡多年后
内心深处的记忆，和光秃秃的头顶一样
寂寞而萧条

他多才多艺，在风雨无阻的地方
活得自在而得意
云朵是他的，花朵是他的
家门口，浩荡的长江水也是他的
他相信今生的模样，是佛给予的恩赐

有一天，生活背叛了他
暴雨与闪电，晦涩的事情接踵而来
把他的自信与信仰，夷为平地
黯淡无光，煎熬的夜晚
独自面对着，许多冷漠无情的人

多年后，遇见了他
眼睛里的光芒，早已归于平淡
他喜欢喝酒，用高度酒精
清洗吞咽过多的伤口
排斥着现代人，虚假的笑脸和爱情
他说，余生如此

圆　满

一些事，圆满结束了
而你的人生，是否也会如此
生命里太多无奈，我们只能放在黑夜
慢慢让悲伤变冷
把自己的骨头，熬成坚硬的高原石

你在意一些人，总在酒后想起来
低迷的日子，一个人扛
你心中，也会有深深的孤独和惆怅
虽然，我们从来不曾说起
你藏匿太多遗憾，负过的年华
曾经，为一个人彻夜难眠

活着，不必为凡俗较真
我们成不了帝王将相，就成为凡人也好
可以风花雪月，可以仗剑天涯
可以诗与远方，可以把似水年华放飞秋天
所有的亲人，正在老去
我的孩子，正在追求完美的爱情

明天，我还要继续旅程
去一望无际的大草原，我没有马
让脚步，丈量世界
你在我左肩，月亮在我右边
我们一路不再言语，让月色洗净暮秋
不要指望着，遍地开花
请你无望地跟着我吧，一直走到余生

生　活

生活，像蜘蛛一样
默默无闻地，在一亩三分地上
编织人生，耕种春秋

生活，像一趟绿皮火车一样
在阳光与风雨中，穿越万水千山
抵达终点后，又回到起点

生活，像蚂蚁一样
在低处，俯首帖耳地活着
把冰冷的泥土，当作温暖的家园

生活，是一张网
网住自己，就是一辈子的纠缠
即使容颜迟暮，江山失色

生活，是各自的风水
无须抱怨，也不必自卑
在每一个清晨醒来后，问候天空

生活，有你的格局
也有别人的态度，不要把路看得太长
今天和明天，都将是过往

生活，是一团麻
每一个小结，都是一段烦心的惆怅
解不开，理还乱

原谅一切

我一直都在放手，步步退缩
放开刀剑，放开琴瑟
放开春夏秋冬，在路口的际遇
放开诗，放开年轮
放开卑微的承诺，和你千万次的过错

只因你，把厚重的日子
打磨成薄薄的时光，在明亮的眼睛里
装满水，那透明的水波
是一湾哽咽的溪水，一滴一滴地
穿透心事，湿润了最柔软的情感

风雨飘摇，你依旧是沉默的山
阳光明媚，你不曾高歌远行
赤裸的灵魂，游走在虚伪的世界
苦难深重的岁月，你坦然地走过来
你的坚强，让世态不会炎凉

把目光收回，将一些往事抹掉
各自安好吧，在不一样的人生里
原谅天空的冷漠，原谅大地的荒芜
原谅卑鄙的灵魂，原谅虚假的面孔
之后，我原谅了生活

晨　祷

夏夜的凌晨三点，你悄悄走了
无声无息，没有告白
趁着最静的夜色，在一弯残月下离去

世间的美好时光，经历过的悲欢
就此别过，那些年
遇见的伪装者，一并相忘于人间

穿过云端，一捧青烟就是你的背影
目送你的人，吞下了眼泪
此生许多的不舍，都留给了沉默的黄土

从此，你无忧无虑地周游世界
不再借酒浇愁，不再彻夜难眠
没有墓志铭，你谦卑的一生如此仓促

回　家

走远了，总有一个方向
等待我的归来
走累了，总有一缕清风
拂去心底的苍茫

远方，没有我的天空
繁华落尽，都是别人的故事
转身，远离浮华
回到深山处，回到大峡谷

百草覆霜，落叶成土
金色的阳光，托起幽蓝的天空
追着白云，闻泥土的味道
回到出生的故乡

贫瘠如何，偏僻如何
即使回归到五千年前的岁月，又如何
都是一样的世界，一样活着

而我爱大山的高度，河流的静美
爱这质朴民族，和那吉日坡上
曾为我，开了三生三世的索玛花